文春文庫

蒼ざめた馬を見よ

五木寛之

文藝春秋

目次

蒼ざめた馬を見よ

1

その部屋にいるのは、三人だけだった。

Q新聞論説主幹の森村洋一郎、同じ社の花田外信部長、そして外信部記者、鷹野隆介の三人である。

Q新聞東京本社七階の、この特別応接室は贅沢なホテルの一室に似ていた。Q新聞に入社して十年ちかくたつ鷹野も、この部屋にはいったのは、今日がはじめてだった。靴の下には、ベージュ色の上質のカーペットの吸いこまれるような感触がある。磨きあげられたガラス壁面を通して、初夏の切れ味の良い陽射しが降りそそいでいた。目の下の西銀座の雑踏が別世界のようだ。密閉された部屋の中はひどく静かだった。快適な室温と、ゆったりとした空間。論説主幹のくゆらすパイプ煙草の匂いと壁の梅原龍三郎の油絵。鉢植えのゴムの木の艶やかな葉がかすかに揺れている。

「組合のほうは相変らず忙しいのですか」

と森村論説主幹が、鷹野に向って微笑しながらきいた。一見、どこかの大学の教授か、地方の名家出身で長く外国に住んでいた美術評論家といった感じの、上品な初老の紳士だ。実際にアメリカで研究生活を送った経歴があり、プリンストン大学の博士号を持っているという話を、鷹野はいつか聞いたことがある。繊細な風貌と女性的な物腰にも似ず、筆を取るとなかなか骨っぽいものを書く男だった。

「ええ。まあ――」

と、鷹野はあいまいにうなずいて答えた。「ぼく自身は春の役員定期改選で機関紙部長を降りましたのでね。以前ほどじゃありません」

「ふむ」

と、論説主幹はパイプを口からはなして微笑を消すと、じっと鷹野をみつめた。

「それは結構。ところで今日あなたに来ていただいたのは、ある特別な相談があったからです。それも、極秘のね」

「極秘ですって？」

鷹野は、さっきから黙って天井を見あげている隣の花田部長を振り返った。外信部長は、腕組みをしたまま、まあ黙って話を聞けというように、がっしりした顎をしゃくってみせた。彼は外信部長というポストよりも、むしろ運動部長のほうが似合いそうな、体格の良い無口な男である。今日も出社した鷹野に、「ちょっと」と声をかけただけで、黙ってこの部屋に連れてきたのだった。

「相談というのは――」

と、論説主幹は軽い咳をして、さりげない口調で続けた。

「実は、あなたに、この社をやめてもらえまいか、ということなんですがね」

鷹野は一瞬、相手の言葉が信じられないというように顔をあげた。論説主幹は、それを無視して言葉を続けた。女性的な口調のくせに、どこかに押しつけがましい感じのする話し方だった。

「あなたが機関紙部長を退いたのは、一般組合員からの投書の扱いについて役員たちと意見の対立があったからだと聞いています。実際にそうなんですか？」

鷹野は答えなかった。論説主幹は言葉を続けた。

「あなたは、そのとき、言論は無条件で自由でなければならん、と強硬に主張されたそうだ。たとえ組合の機関紙であろうと、批判の自由は犯すべきではない、もしそれが真面目な意見なら指導部を批判する立場の投書も掲載すべきだ、と」

「ええ。まあ、そんなところです」

「今でもその考えは変りませんか？」

論説主幹は、澄んだ褐色の目でじっと鷹野をみつめた。部屋の中に短い沈黙が漂った。

「――変えろとおっしゃるんですか？」

と、鷹野は皮肉な口調で言った。「Q新聞の良心といわれるあなたが」

「それじゃ答にならない。どうなんです？」

「変りませんとも」

「結構です」

と、論説主幹は満足気にうなずいた。「言論と批判は、常に自由であるべきだ。いかなる体制のもとにあろうとも、いかなる時代においても、だ。私はそう信じています。あなたが私と同じ信念をかたくなに守っていることを知って、私はうれしい」

鷹野は眉をひそめてきき返した。

「さっきはたしか、ぼくに社をやめろと――」

「そう。だが、それは命令ではありません。希望、もしくは依頼といったたぐいのものです。だから相談、と言ったでしょう」

「ぼくに社をやめてどうしろとおっしゃるんです」

「レニングラードへ行っていただきたい」

「レニングラード？　レニングラードへ一体なにをしに――」

「まあ待て」

と、花田外信部長が、横から無愛想な声で、鷹野の不思議そうな口調をさえぎった。

「社をやめろったって放りだそうというわけじゃない。仕事が終れば出版なりテレビなりで、ちゃんと拾ってやる、ただ、しばらく形式的にQ新聞と無関係な人間になれということだよ。わかるか」

「わかりませんね」

「説明しましょう」

と、論説主幹が言った。彼は安楽椅子から手をのばすと、社名入りの紙袋から厚い角封筒を取りだした。

「その前にお断りしておきますけど、もしあなたがこの仕事をOKしなかった場合は、今日の話の内容は完全に忘れてしまって欲しい。これは絶対にです。でないと、あなたは一人の世界的な文学者を大変危険な運命に追いこむことにならないとも限りませんのでね。ご了解願えますか？」

「ぼくには何のことかよくわかりません。でも喋《しゃべ》るなと言われた事は黙っていましょう」

鷹野は目をあげて、うなずいてみせた。論説主幹が冗談を言っているのではないことが、その硬い表情から読みとれたからである。

論説主幹は、ピアニストのような華奢《きゃしゃ》な指先で、封筒から厚味のある書簡箋を抜きだすと、鷹野の目の前に差しだした。そしてやや低い声で囁《ささや》くように言った。

「これは、ある高名なロシア文学者から、私個人にあてた手紙です。その人が誰か、ということは今は言えません。だが、私が最も尊敬しているわが国の知識人の一人だとだけ言っておきましょう。つまり、ここに書かれていることは全面的に信頼できるということです。読んでごらんなさい」

論説主幹はそれだけ言うと、再びパイプをくわえ、ゆったりと椅子に坐りなおした。外信部長も煙草を取りだして火をつけた。なにか芝居じみてる、と、鷹野は頭の端で思った。だが、次第に体の奥であの厄介な好奇心というやつが、沼地の底にひそんでいる怪魚の尾びれのようにうごめきはじめるのを彼は覚えた。

鷹野は二人にみつめられながら便箋をひろげ、達筆で書かれた文章に目を走らせた。その手紙は最初の一枚が除かれ、二枚目からはじまっている。読みすすむうちに、鷹野は自分が次第にその手紙の内容に引きこまれて行くのを感じた。それは一種の転落感に似ていた。

〈だめだ。まずいことになる〉

彼は心の中で呟《つぶや》いた。それは彼の少年時代からの逆らうことのできない性癖だった。アキレスの踵《かかと》みたいなものだ。何かふっと惹《ひ》かれるものを覚えると、もう前後のみさかいなくどっぷりと全身でのめりこんでしまう。組合活動にしてもそうだった。自分が政治的人間と全く反対のタイプの文学青年であることを知っていながら、ひょっとした衝動からその中にのめりこんで行ったのだ。今、その手紙を読みだしたとたんに、その不吉な予感が運命的な重さで彼をおそったのである。

〈おれは何か厄介な仕事とかかわりあうことになる。きっとそうだ——〉

鷹野は論説主幹と外信部長の鋭い視線を皮膚の上に痛いほど感じながら、逆らうことのできない罠の中へ、じわじわと落ちこんで行った。その手紙には、ジャーナリストの本能をそそる危険な匂いがあった。

〈森村洋一郎宛の私信・二枚目より〉

——かも知れません。さて、本題に入る前にお断りしておきますが、これは貴兄への依頼でもなければ、○○《不明》でもありません。外国文学紹介を業《なりわい》として生きて来た一老翻訳者の個人的な懺悔と受取っていただきたい。前述のように、小生の余命は今や、長くとも今年の秋までもてば良い方だと思われます。友人のT大医学部長は、率直に私の病いがガンであることを語ってくれました。この期に及んで自分が為すべきこと、そして能《あた》う限りの残務は片づけておくべきだと考えております。幸いにして妻も子も持たぬ老書生ゆえ、家庭に後顧《こうこ》の憂いはなく、債務もありません。学界においては偏狭といわれ偏屈者と嘲笑されておる小生ですが、仕事の面ではいささかの自負をもって死ねます。だが、小生の生涯において唯一つ、自責の念を抱かずして想起できない記憶が残っておるのです。この事実を知るのは、わが国においては私一人のみでありましょう。否、彼の国においても果して何人が知り得ているか、恐らく当人とその夫人以外には絶対の秘密が守られているのではないかと推察されます。小生は偶然、その事実を確認して、その背後の余りに重い問題におびえ、外国文学紹介者としての責任を放棄しさったのでした。小生は御承知の如く、露西亜《ロシア》文学の翻訳・紹介を生涯の道として選んだ者です。周知の通り、露西亜文学は自由と民衆への燃ゆるが如き熱情によって彩られてきた誇り高き精神の所産であります。プーシキン、ネクラソフ、レールモントフをはじめとし、十九世紀の巨人たちから、マヤコフスキイやショーロホフを経て、現代ソヴェートの若き群像、ソルジェニツィン、アクショーノフらにいたるまで、一貫して脈打っておるのは、自由への希求と民衆への愛、そして真実の為にはシベリア流刑をもいとわぬ激しいパッションです。この文学の翻訳・紹介を業とする者は、その精神をわがものとし、彼等の叫びをわが叫びとしなければならぬ事は、自明の理でありましょう。小生も五十年にわたる文筆生活において、その志を忘れず、節を屈せずに生きて参りました。だが、唯一つ、自ら恥じる記憶が古いかさぶたのように胸中にこびりついて離れません。小生が世を去ればこの事実は暗黒の中に忘れ去られてしまうでしょう。小生は、日頃尊敬する貴兄に、この事実を伝え、次代への証言者としてバトン・タッチしておきたい。貴兄の友情に甘えて、この手紙をしたためる事を決意したゆえんです。

今から三年前になりますが、小生は招かれてソ連を訪れ、時は白夜の候、モスクワ、レニングラード、コーカサスなど、各地を旅行致しました。インツーリストの好青年の献身的なサービスもあって、それは忘れる事の出来ない懐かしい旅となりました。たてこんだ日程の中で、或る日、旅行社《インツーリスト》のスケジュールの為か、半日ほどのブランクが生じたのです。小生はソチの街で図らずも自由な一夕を過すことになりました。案内者の青年を宿に帰して、小生は黒海に面した美しいソチの遊歩道を一人で散策を試みたのです。御存知のようにソチはソ連随一の保養地で、花々と太陽と黒い瞳の乙女等に満ちた、抒情的な街です。洗練された白堊のホテルと見えたのは、労働者のためのオルジョニキーゼ記念サナトリウムと教えられました。瑠璃《るり》色の空と黒海の潮風、暮れ方の遊歩道にはチェホフの〈犬を連れた奥さん〉の女主人公にも似た婦人がそぞろ歩きを楽しんでいます。老いの身にも何か爽かな血潮が高なるような夕暮れでありました。しばらく散策を楽しんだ後、小生は海に面した小高い丘の一軒の野外レストランに腰を落ちつけました。世界に名高いアルメニア産のコニャックの中でも最も芳醇《ほうじゅん》なエレヴァンスキーを賞味しながら、小生はソチの旅情をしみじみと味わっていたのです。しばらくして、何気なく背後のテーブルを振り返った小生は、思わず息をのみました。そこに古い友人の顔を発見したからです。否、それは小生の錯覚でした。そこに坐って、あたりのざわめきに耳を傾けるかの如く瞑目《めいもく》している婦人連れの老人は、小生が全くはじめて会う人物です。しかし、その灰色の長い鬚と、鑿《のみ》で彫り起こしたような鋭い鼻梁《びりょう》、固く結ばれた意志的な唇、そしてその表情全体に漂っている一種孤高な雰囲気、それらは小生が数十年も昔から日夜親しみ敬愛してきた或る作家その人にちがいありませんでした！　小生は、意を決して席を立ち、能う限り鄭重な露西亜語でその人物にたずねました。その人物の名をここに明記するのはさけましょう。仮りにM――氏と呼ぶことにします。小生はその老紳士に、〈もしやM――氏ではございませんか？〉とたずねたのです。

〈ニェート〉と、にべもない答がはね返ってきました。小生はそこで再び勇を鼓して語りかけたのです。〈私は日本の翻訳者でK――と申します。あなたの作品を長年にわたって日本の読者に紹介させていただいて参ったものでございます。しかし、翻訳という職業を離れて、私はあなたの小説を愛読してまいりました。

何度かお手紙も差上げた事がございますし、御返事もいただいております。この度、訪ソいたすに当って、私はまず何よりもあなたにお目にかかりたいと思いました。作家協会のほうにも度々お願いしたのです。しかし、御病気で療養中という事で、その望みはかないませんでした。私の書斎には、十九世紀の大作家と共に、あなたのポートレイトが飾ってあります。よもや間違うはずはないと存じますが――〉

しかし、再び〈ニェート〉と老人は首を振りました。そして老婦人に支えられて席を立ち、静かに薔薇のアーケードをくぐって夕闇の中へ消えて行ったのです。小生は、独りエレヴァン産コニャックのグラスを傾けながら、思いにふけりました。あれはM――氏ではなかったのかも知れない。異国の旅情と芳醇の酒に酔った自分の錯覚だったのだろう。老いの感傷のなせるわざか――。すでに八時を過ぎていました。小生はホテルに帰るべく、その店を出ました。海ぞいの遊歩道へ降り立った時、小生は背後から自分の名前を呼ぶ可憐な声を聞いたのです。それは十歳前後の粗末な服を着た女の子でありました。〈K――さん？〉と彼女は首をかしげてききました。小生がうなずくと、〈あたしについてらっしゃいな〉とおませな口調で言い、すたすたと先に歩き出すのです。小生は何が何だかわからぬままに、彼女の後を追いました。何かたずねようとすると、〈しーっ〉と指で制止するではありませんか。遊歩道を過ぎ、街を外れて坂道を登って行きます。山にそった傾斜地に、あちこち別荘《ダーチャ》の灯りが見えてきました。しばらく歩くと、少女はあたりを確めるように見回し、右手の林の中に浮びあがっている一軒の建物の灯を指さすと、〈あのお家へいらっしゃい〉そう言い捨てるや身をひるがえして夜の坂道を駆け降りて行ったのです。小生も六十歳を過ぎた老人です。今さら世の中に恐しいものもそれほどありません。しかもここは風紀の正しいことでは世界でも屈指の社会主義国家であります。念の為に小生はアメリカン・エクスプレスの旅行者用小切手帳だけを靴下の間に隠して、その建物に近づいて行きました。ドアをノックしようとすると、扉が音もなく開き、そこに立って微笑んでいるのは、何と、さきほどレストランで会ったあの老人の連れの老婦人だったのです！〈ようこそ、K――さん〉と、婦人は美しい露西亜語で囁きました。〈主人がさっきから、あなたを待ちかねておりますわ〉

やはりそうだったのです。小生の思った通り、あの老人は作家のM――氏その人だったのです！　その夜の一刻を、小生がいかに温かい歓待を受けて過したかは御想像におまかせしましょう。M――氏はレストランでの非礼を詫びて、こう説明しました。〈あなたは作家協会の公式招待者《デリガーツィア》として訪ソされておられる。故にあなたの行動はすべて公的なものでなければならぬのです。作家協会が私が病気であり、会うことは不可能とあなたに回答したとすれば、それは公式の回答だ。私とあなたが個人的に会うことは、ひょっとすると協会の立場を侮辱することになりかねない。私はそれを懸念して知らぬ顔をしたのです。だが、私は私の作品のほとんどを日本に紹介して下さっているあなたに、一言お礼を申しあげたかった。私たちはお互いに老人だ。この位のわがままは許されてもよさそうなものではありませんか〉M――氏は夏の間、保養をかねて毎年ソチで過している、と語りました。M――氏はこの十年ほど、全く作品を発表しておりません。氏の話では、もう小説は書かず、現在はもっぱらフランツ・カフカの翻訳をこつこつ続けている、という事でした。夫人のすすめるグルジアのワインと見事なキャビアは、M――小生の口を青年のように多弁にしました。話題が昨今のソ連文学に及んだ時、M――氏は心なしか厳しい表情で小生にたずねられたのです。〈あなたの本当の意見がききたい。革命後のソ連文学をどう思うか?〉と。しばらく沈黙したのち小生は答えました。〈これは私の私見にすぎませんが、十九世紀のロシア文学にあった何物かが最近の文学には見失われているのではないでしょうか〉その失われた何物かとは何か、とM――氏は重ねてききました。小生は言いました。〈現在のソ連の作家たちは、総てを語る事をさけているような感じがしないでもありません。見たこと、知っていること、感じたことの総てを書ききっていないのではないか。そんな気がします〉M——氏の灰色の目がキラリと光ったようにも思えました。ソルジェニツィンはスターリン時代の強制収容所の真実を描いているではないか、とM——氏は言いました。〈そうでしょうか?〉と小生は答えました。〈あの《イワン・デニソビッチの一日》という有名な小説は確に勇気をもって或る真実を描いています。ですが、私の感じでは彼はまだ遠慮しているように思えます〉〈ではショーロホフはどうです?〉

ショーロホフは偉大なリアリストだ、と小生は続けました。〈ですが、彼でさえもまだ知っていて語る事をさけている何かがあるような気がします〉

M——氏は目を閉じ、腕組みして深いため息をつきました。小生も黙っていました。たぶん数分間の事でしたろう。ですがそれは恐しく長い沈黙のように感じられました。M——氏の唇が動いて、異様な暗い響きをおびた声が発せられました。

〈われ蒼ざめたる馬を見たり。その馬にまたがれる者の名を死と言う。冥府《めいふ》その後にしたがえり——〉

ロープシン、と小生は呟きました。それは処刑されたあのテロリスト作家が、自分の異様な作品の扉に黙示録から引いた一節です。M——氏は続けました。

〈私たちは、人間が見てはならない蒼ざめた馬を見てしまった世代なのだ。それは数限りない死の影です。革命、内乱、戦争、建設、粛清、反動——ロシアが体験したこの半世紀は、人類の苦難と栄光の歴史の縮図です。月ロケットを打ち上げるまでになった現在のソヴェートが、ここまで来る為に、栄光と共にどれだけの悲惨と犠牲を通過してこなければならなかったことか！　ブリジット・バルドーやアメリカのジャズに熱中してる今の青年たちは、それを知ろうともしない。いや、知りたくても知るすべがないのです。それはなぜです？〉

ワイン・グラスを握りしめたM――氏の手がぶるぶると震え、その手の中でグラスが波うつように揺れ動きました。赤いワインが、M――氏の指の間から流れ落ちるのを小生は見た。M――氏の声が地の底から湧きあがるように続きます。

〈ソヴェートの次の時代へ送りつがねばならぬのは、革命の精神や交響曲やロケットだけではない。ロシア人民の体験した半世紀の真実を、その悲惨も、失敗も、犠牲も、総て赤裸々に伝えなければならない。それは誰の仕事でしょうか？　それをするのは歴史家ではない。社会科学者でもない。それこそが、作家の責任なのだ。そうではありませんか〉

小生はM――氏の燃えるような目にみつめられ、身動きも出来ませんでした。深い淵をのぞきこむような沈黙の後、M――氏はつと立ち上って隣の部屋へ消え、間もなく籐《とう》で編んだ頑丈なバスケットを抱いて再び小生の前に現れました。夫人の横顔に、微《かす》かに気遣わしげな表情が翳《かげ》ったのを小生は見逃しませんでした。

〈あなたは信じてもいいかただと思う〉とM――氏は呟きました。〈理由はないが私はそう感じる。あなたを信じて、これをおあずけしよう。これが存在する事を知っているのは、私と、妻と、そしてあなただけだ。これを今夜一晩だけお持ち帰りになってください〉

〈いったい、何がはいっているのです?〉と、小生は驚いてたずねました。〈誰も知らない原稿です。長篇小説のね〉とM――氏は静かな声で答えました。〈これは、私がこの十年間、心血を注いで密かに書き続けてきた小説です。私は文壇から引退し、全く創作の筆を折ったと思われていますが、それはこの作品を書き上げるための偽装でした。これはロシア人として生きてきた或るユダヤ系市民の、三代にわたる家族の物語です。フィクションではありますが、描かれている細部は総て事実のつみ重ねです。私はここで、歴史の波に翻弄され、その渦に呑みこまれて行った無名のユダヤ系ロシア市民の運命を描きました。ショーロホフやパステルナークは、勇気をもって歴史の暗い真実をも描いています。だが私はまだ、彼らが書かなかったこと、目をそむけて通り過ぎた何かがあるのを感じるのです。そして、それを物語ろうと試みたのです。それが出版されないであろうということを知りながらね〉

ソヴェート体制を批判しているためか、と小生はたずねました。そうではない、と老作家は首を振りました。〈この作品が、ある限界を越えているからです。私の友人たちは歴史の影の部分を物語るのに、ここまでは許されるという限界を計りながら書いている。私はそれを越えた。政治家や官僚にとって、それは国家《ナショナル》・的利益《インタレスト》を害するものと映るのだ。この作品は出版されないだけでなく、その書き手さえ危険視される事になるのです〉

妻はこの原稿を焼き捨てるようにすすめるのだ、と、M――氏は夫人を振り返って言いました。

〈だが、私はこれを何とかして出版したい。私はもう老人だ。子供もいない。もし、何等かの罰と引きかえに出版が許されるなら、収容所に送られてもいいからそうしたいと思う。だが、そんな申し出が通るはずがないでしょう。詩や短篇小説なら、タイプ印刷の地下出版という手もある。しかし、何分この長篇ではね〉

〈あなたは何をおっしゃりたいのです〉と小生は固くなってM――氏の謎めいた視線から目を伏せました。彼の考えている事がおぼろげながら推察されたからです。それが恐しかったのです。〈この原稿を今夜ホテルにお持ちになって、読んでいただきたい〉と、M――氏は囁《ささや》きました。〈そして、この作品がそれに値すると思われたなら、これを国外で出版できるようお力ぞえを願えまいか〉

自分で国外へ持ち出さずとも、日本の大使館か中立国の在外機関に託してくださってもいい、もし秘密が完全に守られれば——と、老作家は続けました。〈しかし、もしあなたがこの原稿を読まれて何の感動も受けなかった時は、そのまま明朝返して下さって結構です。私はいずれロシアの土になる時、このバスケットを下げて冥府へ旅立つつもりでいますから〉

夜も更けていました。小生は意を決してそのバスケットをあずかり、何者かに追われるような不安を覚えながらホテルに帰ったのです。その夜、ソチの街には季節はずれの暴風が訪れました。窓を打つ風の音におびやかされつつ小生はその露文タイプでびっしりと打たれた厚い原稿の束を読み続けたのです。白々と朝の光が射す頃、小生はやっとその長篇の五分の一ほど読み終えたばかりでした。だが、小生にはもうはっきりと判っていたのです。その長篇が、M——氏のこれまでのどの作品よりも、否、現代ソヴェート作家のどの作品よりも、深い魂の呻《うめ》きと、人間への愛に満ちた真実の文学であることが——。老眼鏡を外し、窓を開け、小生は充血した目で外の風景を眺めました。風は嘘のようにおさまり、黒海は葡萄色に輝き、眼下の遊歩道にはまだ人の影とてありません。自分の心臓の鼓動がはっきりときこえます。頭の中で二つの声が争っていました。一つの声は、原稿を返せ、と囁きます、おまえはこの国の公式招待者として招かれている人間だ、もし、ここで不測の事故を起こしたら一身上のトラブルでは済まないぞ。もう一つの声が反論します。お前はそれでも露西亜文学者か？　一人の作家が心血を注いで語った真実、お前を信じ、お前に託したこの偉大な長篇を空しく葬り去るつもりなのか？　しばらくして、小生は机の上の原稿の束をバスケットに納め、それをさげて部屋を出ました。小生は屈したのです。良心に従って危険をおかすより、安全を選んだのです。約束の時間は七時でした。小生は罪人のように重い足を引きずって、クロルトヌイ大通りにあるニコライ・オストロフスキイ像の前へ参りました。そこには昨夜のM――氏夫人が私を待っていました。彼女は小生の抱えてきたバスケットを眺め、ほっと大きな溜め息をもらしました。それが失望のためか、それとも安堵の溜め息か、小生にはわかりません。小生が意を決して胸像の下に置いたバスケットを、夫人はさりげなく取りあげ、深い目の色で小生に無言の挨拶を送ると、朝日のさす通りを静かに歩み去って行ったのです。その場を立ち去る時、ふと振り返ると、オストロフスキイの像が唇を歪《ゆが》めてニヤリと笑ったような感じがいたしました。小生は恥に震えながら、もう自分には露西亜文学について語る資格なぞないのだ、と己に言いきかせつつクロルトヌイ大通りを歩いて帰ったのでした。

その日から、すでに三年の月日が経過しました。小生は今、病院のベッドに横たわり、刻々と近づいてくる蒼ざめたる馬の影をみつめております。小生の胸のかくも痛むのは、疾患のせいでしょうか。否、それは毎朝、ガラス窓にさす朝の光のためです。あの朝、薔薇色の曙光を浴びて唇を歪めたニコライ・オストロフスキイ像の嘲笑が、小生を責めるのです。少年の頃はじめてゴーゴリの〈外套〉を読み、アカーキイ・アカーキエヴィチの哀しみに触れた日より四十五年、露西亜文学一筋に身を屈せず生きてきた小生の、生涯ただ一度の裏切りを。小生はこの事実を闇から闇へ葬るにしのびませんでした。ここに貴兄一人にお伝えしておきたい。小生は過ちをおかした。

あの作品は、恐らく二十世紀露西亜文学の最良のものたるに止らず、世界現代文学の偉大な創造の一つであったと信じます。小生は如何なる危険をおかしてでも、あの長篇小説を世に送るべく努めるべきでした。M——氏は現在、ソ連文壇の流れから遠ざかったきり、レニングラードでひっそりと余生を送っておられるとのこと。あの原稿は籐のバスケットに仕舞われたまま、空しく変色して行くのでしょう。そして、M——氏が世を去られる時、夫人の手で密かにロシアの土にかえるでありましょう。そして夫人も、小生も姿を消して、すべてが永遠に失われるのです。私は貴兄に、この事実を告げ——（以下空白）

手紙の文章は、そこで突然に切れていた。鷹野は目をあげて論説主幹の顔を見た。

「そこまでです」

と、論説主幹はうなずいて言った。外信部長は目を閉じたまま、眠っているように動かなかった。棚のウエストミンスターが十二回鳴って正午を告げた。鷹野は手紙の束を重ねて、大型の封筒に入れた。

「そのあとの部分は書かれませんでした」

と、論説主幹はさりげなくつけ加えた。「その手紙を最後まで書かずに、彼は数日まえT大学病院で亡くなったのです。親戚の方が遺品を整理していて、私宛の表書きのある封筒を見つけ、私に届けてくれました。彼は体の調子が良い時に、少しずつその手紙を書きついでいたんでしょう」

「それで？」

と鷹野は呟《つぶや》いた。「ぼくにどうしろとおっしゃるんですか」

外信部長が、目をつぶったまま苦笑して言った。

「白ばっくれるんじゃない。外信部でも切れもので通ってるお前さんじゃないか。もう何もかも判ってるはずだぜ。われわれが何を考えているかということ位はな」

「社をやめろ、そして個人でレニングラードへ行って、その幻の原稿を手に入れてこい、まさかそんな事じゃないでしょうね」

「ずばりだ」

と、外信部長は目を開けてうなずいた。「さすがは元新聞労連の中執で鳴らした鷹野隆介だ。外信部長のおれがよその社みたいに派手じゃないんでな、この辺で一発花火を上げとかんと格好がつかんのだ。そこでお前さんにご苦労をかけようと、と、こういうわけさ」

「そんな事じゃないよ、花田君」

論説主幹がパイプを口から離して、きっとした表情でたしなめた。「私はこの仕事を社の利害と切り離しているのだ。芸術活動と言論の自由の問題ですよ。ジャーナリストとして、このまま知らん顔はできないという気がするのです。あなたはどう思います」

鷹野は黙っていた。おそらく論説主幹と外信部長の言葉は、どちらが正しく、どちらが間違っているのでもあるまい。それは言論・出版の自由という大義名分でもあり、また同時に新聞社の利益につながる商業主義的な有利な企画でもあった。論説主幹が言った。

「あなたは大学でロシア文学を専攻なさったと聞きましたが――」

「ええ」

「では、この手紙の主が誰だか、もう薄々お判りでしょうね」

「わかっていますよ」

と、鷹野は答えた。「先週、死亡記事を読みました。その手紙を書かれたのは、東野秀行先生でしょう。文中に出てくるM——というソ連作家は、二十年代に登場して活躍したA・ミハイロフスキイだと思いますが」

論説主幹は、満足そうにうなずくと、何かを思い出そうとするように一点をみつめ、パイプを優雅に空中へ突きだした。彼がよくやる得意のポーズだった。

「厳しい検閲と批判の圧制が行われる国で、ひとたび知的活動と自由への欲求が起こるならば、地下出版が行われ、秘密文学の配布が行われずにはいないであろう。それは海外での出版や亡命と同じく当然の成行きである——有名なゲルツェンの言葉です。ご存知でしょうが」

「どうなんだ、え？」

と、外信部長が上体を傾けて鷹野にたずねた。鷹野は部長の鋭く光る目を眺め、論説主幹の固く結ばれた唇を眺めて、ぽつりと言った。

「——いいです。やってみましょう」

論説主幹と外信部長が、顔を見合わせてうなずいた。そのとき急に陽が翳って、部屋の中がふっと暗くなった。鷹野隆介は、自分の一言が今、世界中のジャーナリズムを捲きこむ巨大なキャンペーンの撃鉄を起こしたのだという事に、気づいていなかった。

2

元Q新聞外信部記者の鷹野隆介が単身ヨーロッパを訪れたのは、その年の七月である。

彼はフリーのルポ・ライターとして、ある通信社から企画記事の取材を依頼されていた。地方新聞やブロック紙の日曜版を埋める〈世界文学散歩〉という続きものの、記事とカラー写真を送るというのが表向きの彼の仕事だった。

アムステルダムを振り出しに、鷹野は東欧諸国にまで足をのばした。八月の半ば、彼はワルシャワを経て鉄道でソ連へ入国し、モスクワでの取材を終えると、レニングラードへ向った。

鷹野が特急〈赤い矢〉でレニングラードへ着いたのは、八月二十三日の金曜日だった。ひどく暑い日で、タクシーで指定されたアストリア・ホテルに着くまで、彼は絶えず汗をぬぐい続けていた。

あの日、Q新聞社の特別応接室でレニングラード行きの話に乗った時から、ちょうど三カ月の時間が経過している。この仕事にはそれだけの準備と周到な計画が必要なのだった。彼はその間に、すっかり錆びついてしまっていたロシア語のトレーニングも続けていたのだ。

ホテルの部屋に荷物を解くと、鷹野はただちに報道関係機関の窓口へ顔を出した。取材の目的と予定を説明し、市郊外への遠出と撮影の許可を申請しておくためである。この国での取材活動の厄介さは、モスクワで身にしみて思い知らされていた。記事の事前検閲制度は、四年前に廃止されていて、今では、どんな記事でも自由に打電できた。ただし、その結果さえ気にしなければの話だが。

新聞社の中には、テレックスで支局から直接送稿している社もあった。Q新聞もそうだった。だが、今の鷹野は、すでにQ社とは何の関係もない一介のルポ・ライターに過ぎない。取材となると、定められた通りの複雑な手続きをふまねばならない立場である。

彼はウイーンに滞在中、前もって外信部長の花田から、一通の電文を受取っていた。

「ワタリドリミヤコヘカエル」

渡り鳥都へ帰る――。今年も例年のようにソチへ避暑に出かけていたA・ミハイロフスキイが、レニングラードへもどったという連絡だった。外信部長のニュース・ソースは鷹野にも判らない。だが、今度の計画の背後で社がかなりの目に見えない大がかりな動きを続けている事は感じられる。Q新聞社を退社して、命令通り再びロシア語の勉強を続けていた鷹野の所へ、ある代理店を通じて〈世界文学散歩〉の企画が舞いこんできたのも、それだろう。その動きの中枢に、品の良いオールド・リベラリスト、森村論説主幹がいるにちがいない。あの男はどうも好きになれなかった。それがなぜかわからないが、そうだった。それは生理的な嫌悪感に似たものだ。

だが、鷹野は自分の今度の行為を、彼らの筋書きに従って動いているのだとは考えてはいなかった。彼がこの仕事を引受けたのは、自分の意志で選んだのだ、と思っていた。

鷹野隆介にとって、A・ミハイロフスキイは、単なる外国の老作家ではなかった。彼が大学でロシア文学を専攻しようと決めたのは、高校二年の頃である。偶然に古本屋で見つけた一冊の短篇集が、フィールド競技だけを信じていた高校生に強い衝撃をあたえた。彼は、文学青年流に言うならば、十七歳の夏にミハイロフスキイに嚙まれたといっていい。ツァーリのコサックによるユダヤ人の虐殺《ポグロム》を描いたその短篇は、少年に、見てはならないものを見てしまった、という感覚をあたえた。それは少年が敗戦後の朝鮮北部の街で聞いた、あるいまわしい声の記憶と照応した。彼は、その声を思いださぬよう、体の底部に固く圧《お》しこめておいたのである。異常なまでに運動に熱中したのも、肉体を酷使し疲労させる事で、その記憶から逃れようと望んだのだろう。

　だが、ミハイロフスキイの作品に触れたとき、彼は自分が決してその声を忘れる事ができないと知ったのだった。その時から、彼はそのいまわしい記憶から目をそらさず、見てはならない世界を見てしまった人間として生きる事を決めた。

　大学にはいってからも、彼はミハイロフスキイに関心を持ちつづけていた。読み終えた本は手もとにおかず、片っぱしから処分してしまうのが彼の流儀だった。流儀というより、金が必要だったのだ。そんな彼が、最後まで手放さなかった数冊の原書の中に、ミハイロフスキイの初期の作品集があった。日の当らぬ三畳の部屋と、机のかわりのリンゴ箱と、米軍払下げのシュラーフ・ザックと、灰色の背表紙のモスクワ版アレクサンドル・ミハイロフスキイ作品集。それが鷹野隆介の、アルバイトに明け暮れた大学生活の背景である。

　そのミハイロフスキイに会い、彼の未発表の作品に発表の機会をあたえるという事は、彼にとっては単なる仕事ではなかった。言論・出版の自由という格好のいい大義名分のために引受けたのでもなく、ましてジャーナリズムのスクープ意識に駆りたてられたわけでもない。彼はそこに一種の逆らう事の出来ない運命的な引力を感じたのだった。鷹野隆介にとって、理由はいつも後からついてきた。跳び越えてから考える——昔からそうなのだ。

　中学生だった頃、高校受験の為の勉強を突然に放棄して、陸上部に加わったのもそれだった。夕暮れの校庭で、誰かの、狙いを誤って投じた投げ槍の穂先が、鋭く彼の頬をかすめて地面に突き刺さった時、彼は不意に〈運動をやろう〉と決めたのだ。

はじめてミハイロフスキイの短篇を読んで、ロシア文学をやろう、と決めたのも、それだった。学問と訣別して新聞社を受けたのも、入社後三年たって組合活動にはいって行ったのも、酒場の女主人に惚れて空しくあがいたのも、すべてそうだった。今度の仕事を引受けたのも、その例外ではなかった。

レニングラードに到着した日、役所での煩雑《はんざつ》な手続きに疲れて帰ると、鷹野は窓のカーテンをおろしてベッドにもぐりこんだ。そして、自分がこれからやろうとする事の、本当の意味は何だろう、と考えた。すると、急に得体の知れない不安が心をしめつけた。彼は起きあがって、アダリンを倍量のみ、再びベッドの中にもぐりこんだ。

翌朝、鷹野隆介が目を覚したのは八時過ぎだった。

カーテンを開けると、目のくらむような明るい光が流れこんできた。アストリア・ホテルの窓から眺める八月のレニングラードは、激しい直射日光のもとに、熱く灼《や》けて、乾いていた。聖イサク寺院の巨大な円屋根が金色に輝き、ライラックの葉が光り、トーポリの白い綿毛がゆっくりと窓際を流れて行く。

群衆の足音や笑い声、自動車のクラクションなどが、道路から響いてきた。どこかの部屋で、ホーレス・シルヴァー風の、陽気なジャズ・ピアノが鳴っている。フランクフルトからのＶＯＡ放送かも知れない。今はもう、政府はアメリカの短波に妨害電波を出すのを止めたのだ。ジャズでも、ウェスタンでも、どんな音楽でもここにはある。だが、書物というやつは、なかなかそうは行かないものらしい。

鷹野は、顔を洗い、服装を整えてレストランへ降りて行った。売店でゲルベゾルテに似た金口のトロイカを二箱買った。ハンガリアン・スープとキエフ風オムレツ、アストリアの特製サラダとジャム入り紅茶で朝食を済ませ、部屋にもどった時は十時を過ぎていた。

旅行ケースから書類入れを出し、メモ帳を見て彼の番地を確めた。それから、イスクーストヴォ最新版のレニングラード案内書をひろげ、市内地図でチェックした。ミハイロフスキイの住むアパートの、大体の位置はそれで見当がついた。ホテルの近くの聖イサク寺院からフォンタンカ運河を越え、まっすぐワルシャワ駅へ向かうイズマイロフスキイ大通りを、途中で右へ折れた一画だ。

旅行ケースの中には、Ｂ６判の一冊の本がはいっていた。昨年の秋に新訳で出たミハイロフスキイの中篇小説〈黄色い星〉である。表紙カバーに著者の横顔が大きく印刷されているその本を、鷹野は紫色の風呂敷に包み、二十ドル紙幣を五枚ほどポケットにねじこんで、部屋を出た。

職業的なスパイの真似はするまい、と彼は決めていた。それが今度の仕事についての、彼の方針だった。いくら小細工を弄したところで、しょせん素人だ。プロとはちがう。彼は記者生活の間に、たとえそれが何であれ、プロというものの怖さを充分に理解していた。任務に自己の存在を賭けている連中の真似などしないほうがいい。それは自分を悪く目立たせるだけだ。

鷹野は、最も素朴な、その場まかせの即興的な方法を取るつもりでいた。このままミハイロフスキイのアパートを訪問する。ドアをノックして誰か出て来たら彼の写真入りの日本語版を見せ、サインを頼んでみよう。本の間に、ロシア文学者東野秀行氏の写真と、一枚のメモをはさんでおく。そのメモにはロシア語で、こう書いてあるのだ。

〈あなたの著作の日本への良き紹介者、東野氏は、先ごろ亡くなりました。私は氏の遺言により、三年前ソチの街にて氏が果し得なかった、あの時のご依頼をお引受けするためにお訪ねしたものです〉

ある作家の愛読者が、著書に作家のサインを頼みにやってきた所で罪にはなるまい。とにかく変な小細工はさけて、普通人の感覚で当ってみることだ。

街の地図は頭の中にはいっていた。彼は額の汗を風呂敷包みでおさえながら、イズマイロフスキイ大通りを歩いて行った。やがて二つ目の運河を越えた。グリボエドフ運河だろう。〈知恵の悲しみ〉を書き、当時の上流階級の悪徳と愚劣さを笑殺したグリボエドフ。ツァーリに逮捕され、のちにテヘランで殺された作家のことを彼は懐かしく思い出した。

フォンタンカ運河を越え、しばらく行って右へ折れる。この近くにちがいない。建物の角に書かれてある番地をたどって、鷹野は暗褐色の四階建ての古い建物の前に出た。このアパートだ。

建物の正面にドーム型の入口があった。その隣の部屋が、恐らく管理人室だろう。門番であり、民警のアシスタントであり、時にはレニングラード包囲戦の勇士でもあったりする管理人が、そこにがんばっている。

その部屋をノックすると、茶色のひげを生やした体格の良い老人が出てきた。

「何か用かね？」

と、彼は横柄な口調で聞いた。鷹野を上から下までじっくりと眺め回して、うさん臭そうに、

「お前、中国人《キタイスキー》じゃろうが」

「日本人《ヤポンスキー》だよ」

と、彼は答えた。ひげ面の怖い顔が急に優しくなった。

「そうか。東京から来たのかい」

ミハイロフスキイ氏の部屋はどこか、と鷹野はロシア語できいた。

「ミハイロフスキイさんに何の用かね」

「日本で出た彼の本をとどけに来たんだが」

「ここに置いていきなされ。後でわしがとどけておいてあげよう」

「あんたを信用しないわけじゃないが、直接に会って渡したいんでね」

「ミハイロフスキイさんは、最近だれにも会われんのじゃ」

と、老人は言った。「部屋にとじこもったきり、何カ月も外に出なさらん。人に会うのをいやがっとられるんじゃ。行っても無駄だよ」

「会えなかった時は、あんたに頼もう」

管理人の老人は、何かぶつぶつ呟きながら階段のほうを顎でしゃくった。

「三階の、上って廊下の突き当りの部屋」

と、老人は言い、ドアを閉めた。

鷹野は階段を上り、廊下の突き当りの部屋の前に立った。風呂敷から本を取り出してドアをノックした。

返事がなかった。今度は少し強く三つ叩いた。ドアの向こうでかすかな足音がし、ドアがわずかに開けられた。

「どなた?」

と、年配の女の人の声がきこえた。ミハイロフスキイ夫人に違いない、と彼は思った。

「日本人で鷹野と申します。ミハイロフスキイさんに一寸お目にかかりたいのですが」

「主人はどなたにもお会いしませんの」

女の声が答えた。

「大事な用件で参ったのです」

「お約束は? それとも何か公式の紹介状でもお持ちでしょうか?」

「これを――」

と、鷹野はポケットから取り出した露文学者の写真と、一枚のメモを本にはさんで差し入れた。「これをミハイロフスキイさんにお目にかけてください」

金の指輪をはめた老婦人の手が、その本を受取ってドアがしまった。

五分ほどたって、再びドアが細目に開かれた。そしてそのすき間から、彼が渡した本が差し出された。

「主人はお会いできないと申しております。お気の毒ですが」

そして、もの憂げな声がつけ加えた。「あなたは何か誤解をなさっていらっしゃるのではありませんか。主人はソチで東野さんにお会いした事もなく、何かをお願いした事もないそうですよ」

「お気持は判ります。でも、奥さん、私はそのために東京から来ました。ご心配いりません。私におまかせいただけませんか」

「何の事かわかりませんが、どうしても会いたいとおっしゃるんなら公式のアポイントメントをお取りになってくださいな。作家協会のほうからお話があれば、主人も会うかもしれませんから」

ドアがしまり、カチリと鍵のかかる音がきこえた。そして足音が遠ざかった。

〈警戒してるんだな〉

と、鷹野は思った。無理もない。こちらがその事を知っているというだけでも、老作家夫妻にとってはショックだったに違いないのだ。急ぐ事はない、と彼は自分に言いきかせた。

〈レニングラードの滞在期間は、まだ一週間ある。じっくり構えて行こう〉

階段をおりて管理人室を通り過ぎる時、ふと、誰かにうしろから見られているような感じがした。振り返ったが、誰もいなかった。戸外に出ると、激しい直射日光のため軽いめまいがした。冷いビールが飲みたい、と彼は思った。走ってきた市松模様のタクシーをつかまえて、ホテルへ帰った。

おそい昼食をすませた後で、鷹野は市内の電話帳を調べ、ミハイロフスキイの電話番号をさがした。A・ミハイロフスキイという名は三人いた。その中の二人は住んでいる街がちがう。該当するのは、一人だけだ。ホテルの外の公衆電話からかけてみた。電話はすぐつながった。

「クトー・エート《どなたです》?」

と、しゃがれた男の声がした。

「作家のミハイロフスキイさんでしょうか?」

「ニエート《ちがいます》」

ガシャリと電話は切れた。とりつくしまのない切れかただった。

〈とにかくまず本人をつかまえなくては〉

と鷹野は考えた。周囲に目立たないように作家と会うこと、そして相手の警戒心を和らげ、こちらを信頼させることが必要だ。だが、素姓も知らない外国人を、誰がそう簡単に信じてくれるだろうか?

これがもし職業的なスパイだったら、どんな手を打つだろう、と彼は考えてみた。相手を何かの罠《わな》に落としておいて脅迫する。金銭とか女性とか地位を提供して行う取引。いや、それはこの相手には不可能だ。夫人を誘拐しておいて、原稿と交換する手もあるだろう。

そこまで考えて、鷹野はぞっとした。自分がいつの間にかスパイの、あの荒廃した心理に傾斜しつつあるような恐怖におそわれたのだ。おれはスパイじゃない、と彼は自分に言いきかせた。

〈それでは何だ？〉という声が頭の中できこえた。

〈おれはいったい何者だろう？　誰のために、いや、何のためにこんなことをしているのか？　自分のため、ただそれだけなのだろうか？〉

彼はふと、自分が大きな掌の上であやつられて踊っている人形のような気がした。それはいやな感覚だった。彼は首をふってその考えを打ち消し、ホテルの窓から、聖イサク寺院の壮麗な円柱を眺めて立ちつくした。

3

レニングラードに着いて三日目に、雨が降った。

その朝、鷹野が目を覚すと、窓の外に暗い空が見えた。外は雨だった。聖イサク寺院の階段には、黒いこうもり傘の行列が続いていた。

三十万トンの重量をもつといわれる巨大な寺院と、黒い蛇のような傘の列は、鷹野に一種不吉な印象をあたえた。何か体の奥でうごめいているような、いやな感じだった。仕事をする気にもなれない。今日は無為に過そうと彼は決めた。

その日、鷹野は夕方までぼんやりと部屋にとじこもっていた。雨は小降りになっていた。

夕食を早目にすませ、案内所で今夜のキーロフ劇場のだしものをたずねた。今からでは無理だ、という返事だった。

「もし関心がおありなら――」

と、女の係員はいたずらっぽい微笑をうかべながらつけ加えた。「ブラート・グロムキーの詩のコンサートがあります。もし何でしたら、切符を用意しますわ」

「それは音楽家でしょうか？」

「いいえ。若くて才能のある詩人です。若い娘さんたちにすごく人気がありますのよ」

「でも、詩の朗読じゃ退屈かも知れませんね」

「それは、あなたの感受性の程度によるんじゃないかしら」

感受性のテストを受けてみることにしましょう、と鷹野は笑って切符を頼んだ。

部屋にもどって服を着替え、ネクタイを結んでロビーへ降りて行った。案内所で切符と行先を書いた紙片をもらい、タクシーに乗りこんだ。

会場はすぐ近くだった。入口のあたりは花束をもった少女や、レインコートをはおった活潑な青年たちでごった返している。

半長靴をはいた民警が、大声で行列の整理にあたっていた。鷹野が行列の最後に並んでいると、その一人がやってきた。彼の切符を調べると腕をつかみ、強い力で引きたてた。

「何だ？」

と鷹野は叫んだ。

「こい」

と、民警は言った。その男はぐいぐいと鷹野を引っぱって行き、行列の一番先頭に彼を押しこんだ。

「ここなら一番良い席が取れる。今日は混むからな。あんな後のほうに並んでたって、はいれないぜ」

「ありがとう」

と、鷹野は言った。顔がこわばっていたのが自分でもわかった。

開場と同時に、群衆はどっと場内へなだれこんだ。鷹野は突きとばされながらも、どうにか最前列の中央の席を確保した。彼の隣には、ヘミングウェイの短篇集を抱えた学生らしい青年が飛びこんできた。壁際や、通路には、坐れなかった若者たちが、ぎっしりつまって立っている。

鷹野が何気なく煙草を取り出そうとした時、ステージの前を一人の少女が横切ってきた。彼女は鷹野の前で立ちどまった。枯葉色の髪を短くカットした、少年のような娘だった。血の気のない蒼白い肌と、美しい暗い目をしている。スリムな体つきに似合わず、青いブラウスのボタン穴が引きつれるほど挑発的な胸の線をしていた。彼女は鷹野の前にやってくると、たしかめるようにじっと彼をみつめた。

「お願いがあるんだけど」

彼女は真面目な顔をしてロシア語で言った。

「ぼくに？」

「ええ」

「どうぞ」

少女は上体をかがめて、鷹野の耳に顔を近づけた。かすかなわきがの匂いを鷹野はかいだ。

「あなたの席をゆずっていただけないかしら」

と、彼女は素早く言った。「疲れてしまって最後まで立ってられそうにないの。雨の中で二時間も立って並んでいたんですもの。でも席は取れなかったわ。ね、おねがい。もちろん、ただでとは言わないわ」

「ぼくは座席ブローカーじゃない。日本人の旅行者なんだ」

「レニングラードを見物にいらしたのね。それじゃ、座席と交換にわたしが街を案内してさしあげるわ。わたしはこの街にはすごくくわしいの。それでどう？」

「いつ案内してくれるんだい」

「今夜。コンサートが終ったあとで」

「坐りたまえ」

と、鷹野は立ち上りながら言った。「君は見かけによらず強引なお嬢《ジエーヴシカ》さんだな」

「日本人の男の人は親切ね」

「いつでもってわけじゃない」

鷹野はステージの前を横切って、壁際に移動した。頭の隅で、彼女とはどこかで会ったことがある、と思った。どこで、いつ会ったのか、思い出そうとしたが、はっきりしなかった。後で確めてみよう、と彼は考えた。

ブザーが鳴った。場内が暗くなり、幕があがった。

ホリゾントだけの舞台に、スポットを浴びて、ギターを抱えた男が立っていた。針金のように細い脚を、ぴっちりしたズボンにつつみ、原色のシャツの襟元から胸毛と金色の鎖をのぞかせている。人気詩人のブラート・グロムキーだった。

拍手が起こり、やがて場内がしんと静まり返った。グロムキーが弾き出した。澄んだギターのコードが舞台から滑ってきた。

それは一種独特のコンサートだった。グロムキーは、自作の詩の朗読をし、自由に歩き回り、ギターの弾き語りでバラード風の唄を口ずさむのだ。観客たちに不意に語りかけたかと思うと、突然、沈黙し、奇妙なパントマイムを演じてみせる。若いグロムキーは、しなやかで、抒情的な動きをもっていた。

彼がひとつの場面を演じ終えて、客席のほうへ問いかけるような目つきで微笑すると、若い聴衆は熱狂的な反応を示した。拍手と、娘たちの歓声が一斉に爆発した。

「ブラボー！」

さっきの少女も叫んでいた。彼女は靴のまま椅子の上に立ちあがって激しく手を叩いているのだった。蒼ざめていた彼女の頰に、朝焼けのような血の色がさしているのを鷹野は見た。

鷹野は青年たちの肩ごしにそれを眺めていた。背中に石の壁が冷たかった。そのとき彼の心を満たしていたのは、熱狂している青年たちへの羨望のようでもあり、また、異邦人の激しい孤独感のようでもあった。

〈あの少女を抱きたい！〉

と、彼は突然、そう思った。それは単なる肉体的な欲望とはちがった、何か内面的な渇きのようなものだった。

ブラート・グロムキーのコンサートは、間に短い休憩をはさみ、二時間たらずで終った。鷹野は人混みに押されるようにして、ホールの外へ出た。階段を降りると、街は暗く、霧のようなこまかい雨が降っていた。

「傘、もってこなかったのね」

と、鷹野の背後で声がした。振り返ると、さっきの少女が、赤いビニールのコートの襟を立てて微笑していた。

「何しろ旅行中なんでね」

と、彼は言い、彼女と肩を並べて歩き出した。「さっきの約束なんか当てにしてなかったんだが。もうおそいし——」

「時間のことなら心配しなくていいの。今夜は、できるだけおそく帰ったほうがリーダがよろこぶわ」

リーダという女友達と一緒に部屋を借りているのだ、と彼女は言った。「リーダには大学生の恋人がいるわ。でも、アパートが見つからなくて、まだ結婚できないのよ。だからあの二人が愛しあうために、毎週一晩ずつこうして部屋を空けてやるの。今夜は十二時前に帰らないって彼女に約束したわ」

さまよえるジェーヴシカよ、と鷹野は笑った。その時、少女が唇をぴくりと引きつらせたのに鷹野は気づいた。

「だが今や、われわれはめぐり会った」

と、彼は冗談めかして言った。

「そうよ、〈美しきピーテル〉の夜がわたしたちを待ってるわ。行きましょう」

彼女は鷹野の腕に、自分の腕をからませて硬い笑い声を立てた。

二人は雨の中を濡れながら歩いて行った。少し寒くなったので、ホテル・ヨーロッパのレストランへ行き、ビールを飲んだ。彼女は南から来る立派なオレンジをいくつも食べた。それから突然立ち上ると、ツイストを踊ろうと鷹野を困らせた。二人はおそい曲を何曲か踊った。

「オリガと呼んで」

と、彼女は甘えた口調で言った。「こんな髪をしてるので子供っぽく見えるでしょう。でも、本当は二十二なの。立派な大人よ」

給仕人に追い立てられるまでねばって、二人がホテルを出ると、雨はもうやんでいた。

「ネヴァ河を見に行きましょう」

とオリガが言った。すでに十一時を過ぎていた。二人は運河にかけられた石の橋を渡って、エルミタージュの方へ歩いて行った。あたりはそれほど暗くもなく、明るくもなかった。広い通りの両側に十九世紀風の装飾をこらした典雅な建物が続いている。唐草模様のバルコニーから、帽子をかぶった貴婦人がふっと立ち現れそうな感じだった。

「ネヴァの大通り《ネフスキィ・プロスペクト》よ」

と、オリガが言った。鷹野は黙ってうなずいた。ゴーゴリの〈鼻〉の主人公、八等官プラトン・グジミッチ・コヴァリョフの鼻が、三時になると体から離れてうろついたのはこの通りだ。アンナ・カレーニナの夫がモスクワから帰って霧の中を馬車で駆けたネフスキイ大通り。左手にカザン寺院の巨大な円柱が浮びあがった。夜の底にうずくまる壮麗な石の回廊は、暗く深い森のようだ。もう一つ橋を渡った。モイカ運河だろう。この河岸にはプーシキンが住んでいたのだ。ダンテスとの決闘で傷ついた詩人を乗せた橇が、雪をけたてて滑りこんでくる情景を、鷹野は思い描いた。

「ヴェニスの町に橋がいくつあるか、知ってる？」

とオリガがきいた。

「知らない」

「三百六十四か、五つのはずよ」

「一日に一つずつ渡って一年かかるわけだ」

「この街には五百六十七の橋があるわ」

と、オリガは両手を拡げて胸を反らせた。

旧海軍省の空に突き刺さるような尖塔が左手にそびえていた。右前方に、エルミタージュが見える。バロック風の細長い窓と白い円柱のアンサンブルが、犯し難い気品をたたえてどこまでも整然と続いていた。

さらに行くと、そこにネヴァ河があった。

「美しいネヴァ！」

と、オリガは小さく叫んで、鷹野の腕を強くしめつけた。河の水量は思ったより豊かで、流れは早かった。あたりは暗かったが、水面は鈍くはがね色に光っていた。数万トンの水が休むことなくフィンランド湾へ動いて行く。

河にそった石畳みの遊歩道を、鷹野はオリガの肩を抱いて歩いて行った。ロシア人にしては小柄なオリガは、ぴったりと彼に上体をあずけてついてきた。

河岸は花崗岩で、護岸され、ある所は唐草模様の鉄柵がはめられていた。そして、ところどころに河面に降りる階段があった。二人はライオンの像のある階段を降り、水面に近い石段に腰をおろした。付近に何組かの若いカップルの影があった。それらの影は、重なりあい、からみあったまま彫像のように動かなかった。オリガの暖かい息が、鷹野の耳にかかった。

「われは汝を愛す――」

と、彼女は囁いた。
「われは愛す　ネヴァの力強き流れを
岸辺のみかげの石を
刻まれたる鉄の飾りを
われは愛す　きびしい冬の
立ちこむる寒気を
河面を走る橇の音を
薔薇より紅き乙女の頬を
舞踏会の輝きとざわめきを
われは愛す　ネヴァの流れが
海へ氷を運ぶ　春の日を
汝の砲煙を　とどろきを
誇れ　ピョートルの都よ
起て　ロシアの如く　ゆるぎなく――」
その詩は聞いた事がある、と鷹野は言った。
「プーシキンだろう」
「そう。青銅の騎士――」

と、オリガは答えた。そのとき、鷹野はちょっと奇妙な気がした。彼がその詩を知っていることに彼女が少しも驚きを示さなかったからだ。普通の日本人の旅行者がロシア文学にそれだけくわしければ、相手は一応は驚くか感心するのが当然だろう。だが、オリガは平気な顔をしていた。まるで彼の経歴をはじめから知っていでもいたかのように。

二人はネヴァの流れをみつめたまま、黙って坐っていた。

「あなたは良い人ね」

と、ぽつんとオリガが呟いた。

「さっき席をゆずってやったからかい」

「それだけじゃないわ」

と、彼女は言い、上体を寄せてきた。

「すこし寒い」

鷹野はオリガの肩を腕の中に引きよせた。いつもの、あの転落感が彼の心をかすめた。

〈よしたほうがいい。お前には大事な仕事が残っているんだ。まずい事になるぞ〉

だが、彼はその声に逆らうようにオリガを抱きしめた。少年のような短い髪を指でまさぐると、彼女の体が不意にやわらかくなった。オリガは、鷹野の肩にあごをのせ、胸のふくらみを強く押しつけてきた。

「あなたはさっきコンサートの会場で、ちっとも楽しそうじゃなかったわね」

と、オリガが言った。

「グロムキーの諷刺詩が良くわからなかったからだよ」

「そうじゃないわ」

「じゃ、なんだい」

「あなたには何か普通でない所があるの。わたしにはそれがわかるのよ」

「そんな事はないさ」

「そうよ」

「黙っていたまえ」

鷹野は腕に力をこめながら、オリガの顔を引きよせた。彼女の少年めいて見えた彫りの深い顔に、何か激しい感情、無理に圧し殺そうと努めているらしい暗い翳りを、彼は見た。

「きみだってどこか普通じゃないところがある」

と、鷹野は言い、彼女の顔を上から押えつけるようにしてキスをした。オリガの頭が折れそうにうしろにしなった。反りかえった胸の上で貝ボタンのはじける音がした。オリガはブラジャーをつけていなかった。ネヴァの暗い流れの上で、鷹野はむきだしになったオリガの乳房に唇をつけた。甘酸っぱいわきがの匂いがした。

〈どこか普通じゃない所がある。この女も、おれも――〉

頭の一部が奇妙に醒めていた。あたりを包む夜気の底から、じっと二人を見つめている暗い目があるような気がした。

4

翌日の午後、鷹野はもう一度、A・ミハイロフスキイの電話番号を調べて、電話をかけてみた。結果は前の時と同じだった。

「ニェート」

と、今度は女性の声で電話が切れた。その女性の声は、一昨日聞いたミハイロフスキイ夫人の声に似ていた。

鷹野は少しあせりを感じはじめていた。彼の査証《ヴィザ》では、八月三十日にフィンランドへ出国する事になっている。

彼はその日の午後、ふたたびミハイロフスキイのアパートを訪ねた。管理人の老人が、うさん臭そうな目で彼を眺めていた。

ドアを叩くと、夫人が現れた。鷹野が何も言わないうちに、咎《とが》めるような表情で、

「主人はお会いしませんと申上げましたのに」

「本当に重要な用件なんですが」

「それなら作家協会を通じてインタヴューの申請をなさるべきですわ」

鷹野は、廊下をふり返って誰もいない事をたしかめて囁いた。

「例の小説の事でうかがったのです。たとえどんな事があっても、そちらにはご迷惑はかからないように考えてあります。あの作品を出版なさる最後のチャンスかも知れませんよ」

「何の事かわかりませんわ」

と、夫人は鷹野の目を、じっと見つめて言った。その目の奥に、彼は深い諦念《ていねん》と悲哀の色を読んだような気がした。

「あなたは何か勘ちがいなすってらっしゃるのでしょう。これ以上わたしどもを困らせないでくださいな」

と、夫人は言った。唇をかんで突っ立っている鷹野の前で、ドアが重い音をたててしまった。彼は管理人の視線を背中に感じながらアパートを出た。こういう仕事は自分には荷が重すぎたのだ、と彼は考えた。ミハイロフスキイ夫妻は、今はもう老後の安らかな生活を乱したくない一心だけなのかも知れない。とくに、あの夫人はそうなのだろう。職業スパイや脅迫者の非人間的な手でも借りぬ限り、あの原稿を手に入れる事は不可能なのではなかろうか？

〈成行きにまかせよう〉
と彼は心を決めた。うまく行かなければ、それまでだ。手ぶらで帰って論説主幹や外信部長を失望させるまでの話だ。もちろん、失業は覚悟しなければなるまい。だが、その代償として海外旅行ができたと考えれば、いいではないか。表向きの取材だけは、ちゃんと写真も記事も送ってある。旅費を返せとは、まさか言わないだろう。そう考えると、少し気が軽くなった。

ホテルに帰って、早目に夕食を済ませた。その日は、まだ外にする事があったのだ。鷹野はバスを使い、髪を洗って、ひげを剃った。ワイン・レッドのポロシャツに、太編みのカーディガンをはおって、彼はホテルを出た。約束の時間は七時だった。デカブリスト広場の青銅の騎士像の前で、オリガと会う事になっていたのだ。

その夜、オリガは少しおくれてやってきた。薄いスウェーターと、ぴっちりと体の線を見せるスラックスをはいていた。彼女がスカートをはいてこなかった事が、鷹野を少し落胆させた。それは今夜の二人の行動に、彼女があらかじめある限界を宣告しているように思われたからである。

だが、それは彼の思いすごしだった。オリガは鷹野の頰に軽いキスをすると、いたずらっぽく笑いながら言った。

「今夜は友達のリーダが、夜中まで散歩させられる番よ。アパートの部屋に、お酒を買っておいたわ。さあ、行きましょう」

オリガは演劇の研究生か、リハーサル帰りの踊り子のように見えた。相変らずの少年のような頭だったが、今夜は少し濃目に口紅を引いていた。彫りの深い顔に不思議な女っぽさが匂っていた。途中でタクシーをつかまえて、彼女が友人と二人で住んでいるという、古いアパートへ行った。それは三階建ての古ぼけたビルの屋根裏部屋で、天井は鷹野の頭がつかえそうに低かった。女二人の部屋にしては、いささか可哀相な部屋だった。

彼女の本棚には、めずらしい本が何冊かあった。変色したバーベリの〈ユダヤ人の話〉とオレーシャの〈三人の肥っちょ〉にはさまれて、チュッチェフとフェートの古い詩集があった。鷹野にはどれもはじめて見る版ばかりだった。

オリガと鷹野は、にしんの酢漬けでアルメニアのブランデーを飲んだ。ほとんど何も喋らず、時たま顔を見合わせて微笑しあい、またブランデーを飲んだ。やがて酔いが回ってきた。鷹野は、粗末なじゅうたんの上に寝そべって、オリガと鳥のように首を曲げながら長いキスをした。

その時、部屋の外で、何か乾いた断続的な音がひびいた。鷹野の体が不意に硬くなった。

「どうしたの？」

とオリガは驚いたようにきいた。「いったいどうしたっていうの。そんなに驚いて」

「――あれは、何の音だ」

「誰かが階段のバケツをけとばしたのよ。一階まで落ちて行ったらしいわ」

鷹野は大きな息をついた。そして、起ち上るると、テーブルの上のブランデーをコップに半分ほどついで、一息にあおった。

椅子に腰をおろし、もう一杯ついだ。オリガは床に寝転んだまま、そんな鷹野をじっとみつめていた。

「あの音は嫌いなんだ」

と鷹野は言った。「バケツを叩く音を聞くと、たまらなくなる。いやな事を思い出すんでね。変な話だが」

鷹野はそれを振りはらうように、顔を反らしてコップをあおった。だが、やはり駄目だった。

〈焼き日ですよう〉

と、あのいまわしい声が、ふっときこえた。彼は、その間のびした声と、バケツを叩く音から、いまだに逃れられないでいた。あれから二十年ちかい年月が流れている。だが、時間の淵をひと跳びにして、その声はやってきた。

それは日本が戦争に敗れた一九四五年の冬、発疹チフスの発生した北鮮の邦人収容所で、毎週月曜日の朝、火葬当番が各棟の間を叫んで回る奇妙な挨拶だった。当時、十二歳だった鷹野とその家族は、敗戦と同時に延吉から南下して、その街で長い当てのない冬を過していたのである。

〈焼き日ですよう〉

〈今日は焼き日ですよう〉

幾棟もの倉庫の間を、当番はバケツを叩きながら知らせて歩くのだった。その合図とともに、人々は前の週の死者たちを抱きおこし、倉庫から運び出す。そして広場の中央に積みあげる。それが、鷹野たちその週の生者たちの大切な仕事だった。

零下数十度の寒気に、大地は鋼鉄のように凍《い》てついていた。スコップもつるはしも役には立たず、死者たちを埋葬する事は不可能だ。といって、毎日出る死者をそのつど焼く燃料などあろうはずがない。

そこで彼らは、先に逝ってしまった仲間たちを一週間単位でまとめて焼く事にしたのだった。広場に無煙炭の廃炭をしき、その上に死者を積む。そしてソ連軍の好意で特別に分けてもらうガソリンをかけて焼くのである。それが月曜日だった。バケツを叩く乾いた音は、週に一度ずつ鷹野の寝ている窓のそばを通って過ぎて行ったのだ。

引揚げてきて何年目かに、忘れていたはずのその音と呼び声が或る日突然、彼の耳によみがえってきた。そして、それは高校生の時も、大学に進んでからも、彼につきまとって離れなかった。

〈焼き日ですよう〉

〈今日は焼き日ですよう〉

大学構内の銀杏並木のしたでも、組合大会の代議員席でも、社のテレタイプの響きの中でも、その声は予告なしに突然やってきた。

〈今日は焼き日ですよう〉

熱しかけた心が、その不意打ちでたちまち醒めてしまう。総てが空しいという、捨てばちな気分になってくる。その声とバケツの音がどうしても耳を去らないとき、鷹野は発作を起こした。ふだん学究肌と見られている彼が、前後不覚になるまで酒に浸った。街のヤクザと、喧嘩を見なれているホステスたちがおびえるような立ち回りをやったり、病気持ちの女をわざと選んで買ったりした。

それは、見てはならない世界を、あまりにも早く見すぎてしまった少年の、後遺症のようなものだった。その当時は時たま訪れてくるだけだったその記憶が、二十年ちかくたってますます鮮明に、しばしばよみがえってくるのはなぜだろう。

「オリガ」

と、鷹野は振り返って言った。「君の欲しいものは何だ！　君とぼくとは偶然に知り合ったんじゃない。ぼくは確かモスクワのミンスク・ホテルで、君を見た憶えがある。ネフスキイ大通りのロマンスを信じるほど、ぼくは若くはないんだ。でも、そんなことは今日どうでもいい。ごまかしはよそう。ぼくは今、君と寝たくてうずうずしている。君の体が欲しいんだ。君は、ぼくに何を要求する？　ドルか？　それとも――」

鷹野はじっとオリガをみつめた。それから壁のスイッチを押して灯りを消した。

「いや！」

と、オリガは鷹野の体の下で激しくもがいた。「そんなふうに思ってるのならいや！」

鷹野の手が、彼女の下半身をむき出しにした時、オリガは不意に抵抗をやめた。

「いいわ」

と、彼女は挑むように自分から体を開いて言った。「やれるならやってごらんなさい」

そして、ごくりと唾をのみこむと、しゃがれた老婆のような笑い声を立てて、鷹野の耳に囁いた。

「教えてあげましょうか。あたしは、ユダヤ人なのよ」

「それがどうした」

と鷹野は言い、オリガの中へはいって行った。オリガは一瞬、ナイフで刺し殺されるような叫びをあげ、体を痙攣させた。

しばらくして、二人は起き上り、灯をつけた。オリガの顔はアイシャドウが溶けて、ひどい事になっていた。

すまなかった、無理にして、と鷹野が言うと、オリガは強く頭をふってみせた。そうじゃない、と彼女は呟くように言った。

「前にもこんな事があったわ。ちがうのは相手がロシアの青年だったということだけだった。わたしたちは愛し合ってたの。でも、その時は、こんなふうにできなかった。彼がしようとした時に、わたしはそれまで隠してた事を告げたんだわ。わたしはユダヤ女よ、って」

「それで？」

オリガはしばらく黙っていた。それから異様な笑い声を立てた。そして言った。

「彼は突然できなくなったの。良い人だったし、わたしを本気で愛してくれてもいた。それにインテリだったわ。だから、わたしを傷つけまいとして、いっしょうけんめいにそれをしようとした。でもだめだった。頭では理解していても、体がいう事をきかなくなってしまったのね。それを恥じて、彼は自分のほうから去って行ったの」

鷹野は黙っていた。彼は日本人で、ユダヤ民族というものを頭で知っているだけだった。相手がユダヤ人と聞いた事で、突然不能になるような人々の内面は、論理としては判っても、とうてい理解できない世界だった。

しばらくして、オリガは幼児のような表情で鷹野にきいた。

「もう一度できる?」

「さあ」

オリガは灯をつけたまま、赤いじゅうたんの上に放恣な姿勢で横たわり、少し膝を開いて見せた。そのためらいがちな開きかたが、鷹野の欲望をふたたびとらえた。ピアノの高音部がかなでる鋭い不協和音のように、それは彼の感覚に突きささった。

「あんまり強くしないで」

「いいとも」

「日本人はどうしてユダヤ人を嫌わないのかしら」

「さあ。これまで考えてみたこともなかったんだ」

「でも、あなたはできるわ」

「黙って」

「日本人には宗教がないの？」

「おれたちも宗教は持っているよ」

明け放たれた貧弱な窓から、遠い鐘の音がきこえてきた。鷹野は体を動かし続けた。

「こわい！」

オリガはその時がくると激しい叫び声を上げ、鷹野の肩に鋭い歯を立てた。

終った後、二人は重なって少し睡《ねむ》った。

それからオリガは起き上り、紅茶を入れて鷹野を呼んだ。

「そろそろ引揚げなければ――」

と、鷹野は言った。「君の友達が帰ってくる頃だろう」

「ええ。わたしも眠らなくちゃ。明日はミハイロフスキイ教授の所へ七時に行くんだわ」

鷹野は、思わず紅茶を置いて彼女をみつめた。

「誰の所へ行くんだって？」

「アレクサンドル・ミハイロフスキイ教授」

「大学の先生かい？　その人は」

「ずっと以前に、しばらくね。あなた、知らないの？　ミハイロフスキイって世界的に有名な作家よ。今はもう書かないけど」

鷹野は気持をおちつけて、冷えた紅茶を取りあげ、一口すすった。波打つ心臓の音がオリガにきこえはしないかと心配だった。

「わたしは先生のドイツ語の翻訳のお仕事を手伝ってるの。勉強になるし、ちゃんとお金もいただいてるわ。先生も、奥さんも、わたしの事をすごく気に入ってるのね。まるで本当の娘みたいに可愛がってくださるのよ」

「君にお願いがある」

と、鷹野は立ち上って、オリガの肩に手を置き、できるだけ平静な口調で言った。

「ぼくは君が何者かも知らない。どんな考えをもっているかも知らない。だけど、三つだけ判ってる事がある」

「三つですって？」

「そうだ。一つは、君がユダヤ系ソ連市民であること。もう一つは、君がミハイロフスキイ氏だけじゃなく、バーベリやオレーシャなどの作品を愛してるらしいということ」

「そこまでは当ってるわ。もう一つは？」

「君が今、ぼくを愛してるに違いないということさ」

「うぬぼれ屋さん」

と、オリガは笑った。きれいな笑顔だった。

「で、わたしに何を頼むつもり？」

鷹野はできるだけ平静な口調で言った。

「ミハイロフスキイ氏に会わせて欲しいんだ」

「なぜ？」

「くわしくは言えない。ただ、君が秘密を守ってくれるなら、これだけは説明しておこう。あの人は未発表の長篇小説の原稿を持っている。それは或るユダヤ系市民の三代にわたる物語だ。それは、この国では出版できない。彼はそれを国外で発表したいと考えている。だが、それにともなう危険をおそれて、ぼくに会おうとしないんだ。ぼくの考えでは、ミハイロフスキイ氏の決心にブレーキをかけているのは、奥さんだと思う。直接、本人に会って話せば、その原稿をぼくに渡すよう説得できるような気がするよ。ぼくは、その原稿を国外へ持ち出して、匿名で出版させるためにやってきたのさ」

オリガの目が、大きくなった。唇を固く結んだまま、腕を組んで鷹野をみつめた。

「そんな話――。あなたを、どうして信用できて？」

「君を信用して、すべてを喋った。もし、君が密告すれば何もかもぶちこわしになる事を覚悟でね。ぼくは君に賭けた、それが保証だ」

「ユダヤ人の家族の物語といったわね」

と、オリガは呟いた。それから、ふっと顔をあげて強い調子で鷹野にうなずいた。

「いいわ。わたしが何とか話してみるわ」

そして、床の上に落ちている下着を足の先で引きよせながら、そろそろリーダが帰ってくる時間だ、と言った。

さっき鳴っていた鐘の音は、もうきこえなくなっていた。静かな、奇妙な晩だった。

5

次の日の夜おそく、鷹野はオリガと共にミハイロフスキイのアパートを訪れた。建物の入口の扉はしまっていた。だが、オリガはコートのポケットから、金属の大きな鍵を出し、勝手知った様子で鍵を開けた。どうして彼女が扉の鍵を持っているのだろう、と、鷹野は少し不思議な気がした。

「いま何時？」

と、オリガが階段の暗がりで囁いた。

「十二時十五分に行きましょう。先生が待ってらっしゃるわ」

二人は管理人に見られずに三階にのぼって行った。管理人はたぶん眠っているのだろう。

見覚えのある突き当りの部屋の前までくると、オリガは鷹野に目でうなずき、ドアのノブを回した。ドアが軽くきしんで開き、暗い室内が夜の裂け目のように現れた。手さぐりで最初の部屋を通りぬけて、また次の部屋にはいった。

「先生はあの奥の書斎で待ってらっしゃるはずよ」

と、オリガは鷹野の腕を摑んで囁いた。「奥さまは眠ってらっしゃるわ。昨日から風邪気味なの。起こさないように、できるだけ静かにしましょう」

オリガは壁際の頑丈な木の扉を、軽くノックした。最初に二つ。それから三つ。そして扉を開け、鷹野を引きこむと、素早く後手に扉をしめた。部屋はかすかに明るかった。

「この人です、先生」

と、オリガが言った。鷹野は息を止めた。

鷹野は大きな書棚を背に、うずたかい書物の山にかこまれて目を閉じている一人の老人の顔を見た。頰から顎へかけて密生している銀色の見事な鬚。異常に鋭く高い鼻と、一文字に結ばれた薄い唇。そしてルバシカ風の独特の上衣。古いロシアの高僧のような威厳と風格。それは、鷹野が持っているA・ミハイロフスキイ作品集の表紙写真そのままの姿だった。あまりにも想像していたイメージとぴったりだったので、鷹野はかえって驚いたほどだった。写真で見知っている人とはじめて会う時は、ほとんど前に持っていたイメージを裏切られるものである。鷹野は、それを予期していた為に、逆な意外さを感じたのかも知れなかった。

「ようやくお会いできました。東京からわざわざその為に参ったものです」

と、やっと鷹野は言った。

老作家は、ふっと目を開けて鷹野を眺めた。そのくぼんだ暗い目の奥には、老人とは思えない激しい炎のような光がゆらめいていた。

「よくいらした」

と、老作家はかすれた低い声で呟くように言った。「私はお会いしないつもりでいました。家内も反対でしたし――」

「ええ。ご心配なさるお気持は判ります」

「オリガに負けたのです。この娘は、あなたを愛しておるらしい」

オリガがどこからかコーヒーとブランデーのびんを銀盆に載せて運んできた。彼女は作家にほほえみかけながら、

「奥さまは良くおやすみですわ。熱もほとんど下ったようです」

「ありがとう。あれは、今度の問題をあまり気に病みすぎて精神的に参っておるのです」

オリガは鷹野にコーヒーを注ぎ、ソファーへ坐るようにすすめた。老作家は、コーヒーにブランデーを少量たらすと、背中を曲げるようにしてカップを口に運んだ。

「私も、もう老人だ」

と、作家は目を伏せて言った。「あなたが先日おいて行かれたメモで知ったが、東野先生はおなくなりになったそうですな。私の作品を沢山訳して下さった方だが」

「ええ。あの方は、お亡くなりになる時まで、三年前にソチでお力ぞえできなかった事を後悔しておられたようです」

「立派な翻訳家だった——」

老作家は、しばらく瞑目《めいもく》して、大きなため息をつくと、低い声で語り出した。

「あの出来事以後、私はあの作品を発表しようという気持を失っていた。いや、今朝までそうだった。今でも迷っています。だが、今日の早朝、オリガがやってきて、その小説をぜひ読ませてくれと言い出した時から、私の心の中に再び何かがよみがえってきた。ご存知ないでしょうが、この娘の両親はレニングラード包囲戦の時に、英雄的な戦いをやりとげたパルチザンの市民委員です。戦後、ある政治的な事件にまきこまれ、ユダヤ人であったために無実の罪をおわねばなりませんでした。オリガの祖父は、ポーランドのクラカウの出身です。ロシア皇帝のキエフでの虐殺で妻を失っています。私は誰を非難しているのでもない。ただ、事実から目をそむけて、見ないですまそう、書かないで通り過ぎようという態度が許せないのだ。私は、いま、この物語をオリガに読ませようと思っている。そして、それ以上に他の人々に読ませたいと。私の書いたものは、反ソ的な小説では断じてない。それは西欧の魂の底にひそむ反ユダヤ主義、人間差別に抗議するヒューマニティの文学なのだ」

老作家は立ち上って部屋の隅の木箱を開け、その中から籐のバスケットをとり出して鷹野の前に差し出した。

「さあ！　これを持って行って下さい。そして、出版して世界中に読ませて下さい。ただ作者の名前だけは伏せていただきたい。私は収容所に送られても平気だが、妻をこれ以上、悲しませたくありませんから」

老作家はオリガに微笑して呟いた。

「この娘のおかげで私はロシアの作家として死ねる。あなたも、よく来て下すった」

その時、隣の部屋で、何か物音がした。老作家とオリガが、はっと腰を浮かした。その驚き方の老人に似合わぬ異常な敏感さが鷹野に、何か奇妙な感じをあたえた。彼はそれを、厳しい時代を生き永らえてきた人間の哀しい習性を見た、と感じた。物音はすぐやみ、また静かになった。

「だいじょうぶ」

とオリガは言った。「奥さまを起こさないうちに早くおいとましましょう」

「印税、その他の件に関しては――」

と、鷹野が言いかけると、老作家は厳しい表情で首をふった。

「そのようなものは総て無用です。なぜならば、この瞬間からは、その作品は私とは完全に無関係なものにならねばならぬからです。私はそれを書かなかった。それについて知ってもいない。あなたはA・ミハイロフスキイと一度も会わなかった。そうでしょう？」

「そうです」

と鷹野はうなずいた。「ぼくはこの作品が誰によって書かれたのか知らない。ぼくは一度もミハイロフスキイ氏に会った事がない」

彼は老作家と握手をし、オリガといっしょにその部屋を出た。心の中は学生時代から崇拝していた文学者に会えたことで、燃えるように火熱《ほて》っていた。

彼は深夜の街でオリガと別れた。ホテルの前までくると、聖イサク寺院の円屋根が、夜の空に青白く輝いていた。

その晩と、次の日の夜、鷹野はアストリア・ホテルの部屋で、分厚い原稿を一枚ずつ撮影していった。露文タイプで打たれた八百枚ちかい原稿を、ぜんぶカメラに納めてしまうのだ。35ミリのマイクロレンズを使って、一人ひそかに作業を続けた。それは大変な重労働だった。カメラぶれを防ぐため固定しつづけた両腕は、最後にはほとんど感覚がなくなってしまった。ライトの反射で、目がいかれそうになる。充血した両眼を、シャンパンと一緒に持ってこさせた氷で冷やしながら、彼は撮影を続けた。

出国の査証《ヴィザ》が切れる前日、ミハイロフスキイの原稿は、二十三本の小さなパトローネの中に完全におさめられた。

鷹野はそれを、外信部長から前もって指示された通り、日本大使館のT二等書記官を訪ねてことづけた。T書記官は三日後に、休暇でストックホルムへ飛ぶ事になっていた。外交官特権で、二十三本のパトローネは難なくスウェーデンまで運ばれるはずだった。

鷹野自身はレニングラードから国際列車でフィンランドのヘルシンキへ先行する。三日目にストックホルムで、フィルムを受取るのだ。そして、後は東京へＳＡＳで飛ぶ。それですべてが完了する。

オリガと最後に会ったのは、鷹野がレニングラードを離れる前夜だった。彼は複写し終えた原稿のバスケットを、オリガに返した。それは彼女が人目につかぬよう廃棄する事になっていた。

　二人はその晩、明け方ちかくまでネヴァ河の階段に坐ってすごした。

　オリガに会わなかったら、自分は今度の仕事に失敗したに違いない、と鷹野は思った。

「東京へ来ないか？」

と、鷹野が言った時、オリガは強く首を振って奇妙に空しい笑い声をたてた。

「明日の事は誰にもわからないわ」

　別れる時に、鷹野は思い切って、心にかかっていた疑念を口に出してきいた。

「最初にコンサートの会場で会った時のことなんだが――」

「ええ」

「君はいきなりぼくにロシア語で話しかけてきたな。そして、ぼくがロシア語で答えた時も少しも驚いた顔をしなかった」

「それ、どういうこと？」

「君ははじめからぼくがロシア語を喋る事を知ってたようだった。それに、ぼくがロシア語で答えると、いつもは必ず相手がびっくりするんだよ。外国人にしてはかなり上手なロシア語を喋るんでね。だのに、君はちっともそんな顔はしなかった」

「よしましょう、そんな話」

そしてオリガは鷹野の首に腕を回し、最後の長いキスをした。なぜか最初の晩のようにしっくりしない、醒めたキスだった。

それがレニングラードの最後の夜だった。

6

その年の秋のおわりに、ある一冊の本が出版され、世界のジャーナリズムの大きな注目を集めた。

それは日本のQ新聞社の出版局から出版された、変った題名をもつ長篇小説だった。

〈蒼ざめた馬を見よ〉、というのが、その小説のタイトルだった。その作品は、変名の現役ソヴェート作家によって書かれ、ある日本人ジャーナリストの手で危険をおかして国外へ持ち出されたものと解説されていた。

日本での発売から一週間おくれて、英語版が出版された。スウェーデンの有名な出版社、ヘンリック・ハマーボーグ書店から出されたその長篇小説は、欧米の読書界に異常な反響をまき起こした。

十一月二十五日付けのニューヨーク・タイムズ国際版は、「冥府よりの証言」と見出しに謳って、次のような論評を掲載した。

「これはロシアをみずからの祖国として選んだ、あるユダヤ系ロシア市民の三代にわたる物語である。ドン河に生きる人々の悲劇を描いたショーロホフ、ソ連インテリゲンチャの苦悩を描いたパステルナークらに続いて、ロシア文学の偉大な個性がここに登場した。この変名の作家が、前にあげた二人の文豪と異なる点はただ一つしかない。それはこの作家が、両文豪の見ようとしなかった、あるいは見る事を拒んだ世界を、その底部まで凝視しようとした点にある。

パステルナークはノーベル賞を拒み、ショーロホフはそれを受けた。ソ連文化界の歩みが明るいほうへ向っている事は確かである。だが、もしこの作品に賞があたえられるとすれば、一体誰にあたえたらよいか？　われわれは、この名作の著者が堂々と名乗り出られるような地点にまで、ソ連文化界が前進することを期待してやまないものである。」

ドイツのシュピーゲル誌は、このニュースを特集として扱った。そして、この小説の本当の作者は誰か、という推理を試みてこう結んでいた。

「この作品に流れているのは、悲惨な運命に対する怒りと、それと反対に、苦痛の中に栄光を見出そうとする魂の渇仰である。この倫理的精神構造から判断する限り、この作品の著者はユダヤ系文学者であると判断せざるを得ない。プルーストやカフカと、その外観は異なっていても、内面の特質は疑うべくもない血縁を示している。」

リオのオ・クルゼイロ誌の報道ぶりは、いかにもラテン的なタッチで、ゴシップ風に作品発表の経過を追っていた。

「本誌が入手した信ずべき情報では、この作品は、ある勇敢な日本人ジャーナリストの手によって自由世界へ運び出された。本当の作者に被害が及ぶのを恐れて、彼は何ひとつ語ろうとしない。われわれは、そのサムライ的行動に拍手を惜しまないものである。彼はそのベストセラーに関する一切の金銭的権利を放棄しており、原稿入手の手記に多額のドルを支払おうというアメリカ出版界の申し出をも一蹴したと伝えられる。」

そして、その〈蒼ざめた馬を見よ〉は、世界各国で着実に版を重ねた。英語版のほかに、ドイツ、フランス、イタリアなど九カ国で翻訳が出た。ハリウッドの大物プロデューサー、M・ジョーンズは、米映画史上最高のドルを投資して、この作品を映画化すると声明した。

〈蒼ざめた馬を見よ〉に関するパブリシティは、テレビ、ラジオなどの媒体にまで驚くほど巧妙に波及して行った。それはまるで、世界のジャーナリズム全体を対象に、ある一貫したキャンペーンが企てられているかのようだった。それほど組織的に、また強力に、しかも急速に、その作品の話題は世界中にひろがって行ったのである。

7

〈蒼ざめた馬を見よ〉の刊行から三カ月ほど経過して、再び別な事件が世界を驚かせた。

新しい年の二月下旬、A・ミハイロフスキイの突然の逮捕が全世界に打電されたのだ。

その理由はこの有名な老作家が、反ソ的な長篇〈蒼ざめた馬を見よ〉を国外で偽名で出版し、巨額なドルを不正に入手したというのである。

〈蒼ざめた馬を見よ〉の作者が、実在するソ連の老大家であったというニュースが、世界のジャーナリズムを興奮させた。A・ミハイロフスキイの写真は、大見出しつきで各紙の紙面をかざった。

興奮したのはマスコミだけではなかった。ふだんは親ソ的な文化人グループまでが、表現と出版の自由を叫んで動きだした。

各国共産党の機関紙も、ミハイロフスキイの逮捕を非難した。コミュニストから宗教人までを含めた国際的な署名運動がはじまった。

〈雪どけは短かった〉〈再びスターリン・エイジへ〉〈ソヴェートに自由はない〉などと、露骨な便乗キャンペーンを展開する動きも活潑化した。

進歩的な文化団体では、ミハイロフスキイ問題の評価をめぐって、組織の分裂騒ぎも報じられた。

三月二日のモスクワ英語放送は、ラジオを通じて作家協会役員の次のような解説を放送した。

それによると、〈蒼ざめた馬を見よ〉は、かつてのニヒリスト作家の影響を受けて育った〈一茎の雑草〉であり、革命と建設の世紀の否定面のみを拡大誇張した反ソ的な作品である、とされていた。

正式な裁判を前にして、ソ連の某機関紙は次のような当局の調査結果を取材して掲載した。

「A・ミハイロフスキイは、八月下旬の深夜数名の外国人を自宅に招いた。その外国人は原稿と思われる荷物を抱えてタクシーで立ち去った。ほかに女の同伴者一名がいた。彼らはそれまでも、しばしばA・ミハイロフスキイを訪れている。以上は、アパートの管理人、K・アドラツキーによって証言されたものである。

屋内を調査した結果、ミハイロフスキイの部屋の天井裏から、長篇小説のコピーと、それを打ったタイプライター、外国からの送金と思われる数千ドルの多額なドル紙幣が発見された。さらに、スウェーデンの出版社からの支払い証明、次作の依頼書、その他決定的な証拠品も押収された。

なお、これらの総ての物品に関して、ミハイロフスキイは一切覚えがないと主張しており、〈蒼ざめた馬を見よ〉は自作ではないと否認している。なお、この事件の発見のいとぐちは、ある市民の投書によるもので、その投書の内容はきわめて正確なものであった。

この結果、検察当局は、ミハイロフスキイの反ソ的犯罪は明白であるとして、ロシア共和国刑法第七〇条第一項にもとづいて起訴することに決定した。第一回公判は四月十八日レニングラード市ヴォスターニェ街三十八番地小法廷。判事、サヴェリエフ（以下略）」

裁判が近づくと、世界のさまざまな団体や個人から、事件の再考を要求する投書や抗議がソヴェート当局に殺到した。自由陣営の中でも進歩的とみなされている大新聞も、きびしい批判を行った。英国のトリビューン紙は社説で〈不可解な裁判の停止〉を求めた。ニュー・ステイツマン誌は、この裁判によって失われるソ連への信頼をかえりみよ、と警告した。ロンドン・タイムズに発表された作家釈放要請書簡には、英、仏、独、米、伊の第一線作家四十九名が名を連ねた。

　四月十八日の裁判を前に、ソ連は世界の大多数の国々から全く孤立したかのように見えた。


　その頃、鷹野はQ新聞と同系のQ放送ラジオ報道部に勤務していた。彼にはいちおう報道部特集課長というポストがあたえられていた。だが実際には、録音構成とかシリーズものの企画とかいっためぼしい仕事は、ほとんど番組から姿を消してしまっていた。仕事といってもときたま交通安全キャンペーンでお茶を濁す程度のものである。それは若い課員も少なく、活気のない職場だった。彼は長い独身生活を打ち切って結婚を考えはじめていた。相手もほぼ決っていた。彼は無口になり、組合からも脱《ぬ》けて、目立たない男になって行こうとしていた。

　昨年の秋おそく、彼が入手した原稿が翻訳され、出版された時、彼は一種のかすかな不快感を味わった。彼の考えでは、ミハイロフスキイは、センセイショナリズムとは反対の極に立つ作家であるべきだったのだ。〈蒼ざめた馬を見よ〉が、通俗的な商業キャンペーンに乗ってベストセラーとなるのは、生理的にいやな気がした。
あのとき、ミハイロフスキイの〈蒼ざめた馬を見よ〉を通読して、彼は複雑な感動を受けたのだ。その作品は、しっかりとした構成と、綿密な細部に支えられ、いかにもロシアの長篇らしいどっしりとした安定感があった。そして、いくつかのエピソードには、描写を越えた深いひらめくようなリアリティーが感じられた。

だが、鷹野がその長篇を読み進みながら、ある微妙な違和感をどこかで感じていたことも事実である。この作品には、かつてのミハイロフスキイの文学に一貫していた何かが見当らないのだった。ミハイロフスキイの作品には、いつもどこかに作品を不安定にする暗い裂け目のような虚無感がひそんでいる。そのため、彼の小説は常に安定せず、揺れ動いているような感じをあたえた。それが彼を惹きつけたのだった。それは見てはならない世界を、早く見過ぎてしまった人間の、乾いたニヒリズムと言ってもいいだろう。だが、あの〈蒼ざめた馬を見よ〉には、それがなかった。そこにあるのは、むきだしの怒りだった。ユダヤ系市民の悲惨な運命に対する生の抗議だった。それはそれで、人種を越えて人々の胸に響く痛切なものが感じられた。だが、鷹野が少年の頃に嚙まれたミハイロフスキイとは、どこかが違っていた。この作家は本質的に短篇作家なのかも知れない、と彼は思った。

A・ミハイロフスキイ逮捕のニュースは、彼に激しいショックをあたえた。しかし、彼は自分が、心の片隅でどこかそれを予想していたような気もした。

だが、彼が疑問に思ったのは、なぜ、あの作品は自分のものだ、と老作家が宣言しないのだろうかという事だった。外の作家ならいざしらず、文学者ミハイロフスキイは、そうするに違いないという気がした。多分、あの夫人の事が気がかりなのだろう、と彼は考えた。

だが、その後、ソ連当局の調査発表が出ると、彼は激しい混乱にまきこまれた。原稿のコピーやタイプライターはともかく、多額のドルや、出版社の書類が発見されたなどとは信じられない。それに、正確な投書の主とは何者だろう。また、オリガの名前が全く出てこないのも気がかりだった。彼は激しい混乱の中にいた。だが、しばらくして、彼はその事を忘れようと決心した。あれらはすべて悪い夢だったのだ、と考えたかった。その方が、彼の生活を脅かすものから遠ざかれるような気がしたのだった。彼はそろそろ自分の生活について考えはじめる年齢にさしかかろうとしていたのだ。

8

その日は冬がぶり返したような、寒い日だった。Ａ・ミハイロフスキイの裁判が、半月後にせまった四月の最初の土曜日である。

社内の会議を終えて部屋にもどってきた鷹野の所へ、外人の来客があった。一見、バイヤー風の柔和な顔つきの、肥った男だった。欧州調のグレイの背広に、幅広のタイを花のように拡げて結んでいる。

彼は鷹野を見て人の良さそうな笑いを浮べながら、日本式に名刺を差し出すと、

「お忙しい所を申し訳ありませんね」

と旨い日本語で言った。名刺には英文で、貿易会社の社名と、ダニエル・カナパという名前が刷りこんであった。国籍不明、年齢不詳といった感じの男だった。

「どんなご用件でしょう」

局のロビーで鷹野は立ったままきいた。相手は微笑しながら、事もなげに、言った。

「ミハイロフスキイの件ですよ」

鷹野の体が硬くなった。

「ぼくに何の用です」

「それはあなたがご存知のはずですが」

「わかりませんね」

「ちょっと一緒に来ていただけませんか。あなたにお会わせしたい人物が居るんですが」

「断ったらどうします」

「どうもしません」

と、ダニエル・カナパと称する男は鷹野をみつめて言った。「ただ、あなたは自分のやった事の本当の意味を死ぬまで知らずに終ることになるでしょう。私のほうは、それでもいいんですよ。だが、もし私があなただったら、ここで尻込みはしないでしょうね。どうです？」

鷹野はしばらく考えていた。それから、行きましょう、と彼はうなずいた。あの老作家を事件にまきこんだ責任は、自分にもある、と彼は思った。それが何であれ、ここで逃げるわけには行かない。それは当然だ。人間は結局、のがれることはできない。

ダニエルと名乗る男は、局の前に大型の外車を持って来ていた。彼は自分が運転台に坐り、鷹野をその隣に坐らせた。ダニエルの運転する車は、五反田を抜け、第二京浜を横浜方面へかなりのスピードで飛ばして行った。

ハンドルを握っているダニエルは、さっきの陽気な貿易商ではなかった。肉のたるんだ顎をぐっと引き、細い目には厳しい色をたたえて、微笑の影さえみせていなかった。

〈軍人かも知れん。それも佐官クラスだ〉

と、鷹野は思った。いずれにせよ、ソ連側のしかるべき情報機関の人間だろう。彼はすでにある覚悟を決めていた。

「鷹野さん」

と、ダニエルが前を向いたまま言った。「あなたは昨年の夏、レニングラードでA・ミハイロフスキイ氏と会われましたね」

「いいえ、ぼくは彼に会った事はないですよ」

「あなたは彼に頼まれて、原稿を外国に持ち出し、それをQ新聞に渡した」

「いいえ、そんな憶《おぼ》えはありませんね」

彼は鷹野の答には関係なく語った。

「ひとつだけうかがいたい。あなたがその危険な仕事を引受けた真の理由は何ですか。お金か、それとも地位か。またはジャーナリストの職業意識でしょうか？」

「さあね。もし仮りにぼくがそんな仕事を引受けたとすれば、それは親近感からかも知れませんよ、あの作家へのね」

「なるほど。彼の作品で一番好きなものは何ですか？」

「そうだな。〈オデッサから来た男〉とか、〈凍河〉とか。それに〈黄色い星〉も好きだった」

「私もそうです。特に初期の短篇に良いものがありますね。〈青いマホルカ〉とか」

「ああ。あれはいい」

ダニエルは前のライトバンを素早く追い越しながらさりげなくたずねた。

「例のあなたが持ち出した長篇小説はどうです？」

「わかりません。正直いって、あの小説はどこか違うんだ、これまでの彼のものとね」

「あなたは本当にミハイロフスキイの良い読者らしい」

と、ダニエルは言い、黙りこんだ。

車は横浜の市内にはいり、元町に近い高台の古ぼけた洋館の前に止った。

ダニエルは鷹野を、その建物の中へ連れこんだ。玄関をはいって二階に上り、テーブルと椅子だけのガランとした部屋に招き入れた。そこは家具もほとんどなく、取調べ室のような感じがした。

「こちらへいらっしゃい」

と、ダニエルは鷹野を壁際に呼んだ。そこの壁には、ムンクの〈赤い家〉の安っぽい複製が木の額縁にはいってかかっていた。

「あなたはさっき、ミハイロフスキイ氏には会わなかったと言いましたね」

「ええ」

「あなたは正しい。それは本当です」

と、ダニエルは言った。「あなたはミハイロフスキイ氏には会わなかった。それじゃ誰に会ったか？　これが問題なのです」

彼はじっと鷹野をみつめた。鷹野はまっすぐにその視線をはね返した。よろしい、とダニエルが呟いた。

ダニエルの手がのびて、ムンクの絵を押しやった。すると額縁が滑るように横に動いて、その下に四角なガラス窓が現れた。

「のぞいてごらんなさい」

と、彼は言った。鷹野は四角い窓に顔を押しつけた。そこからは隣の部屋がのぞかれるようになっている。それは四角い何もない部屋で、一人の男が、椅子に坐ってこちらを向いている。その顔を眺めたとき、鷹野の膝が、がくりとふらついた。声にならないショックが嘔吐のように胃の奥からこみあげてきた。

「ミハイロフスキイ！」

鷹野は一瞬、自分の目をうたぐった。指先で二、三度、瞼を押えて、再びその男を見た。やはりそうだった。灰色の鬚と、鋭く尖った鼻。固く結ばれた薄い唇。だがその唇の端がピクピク病的に震えているのだけが違う。あとは、すべてそのままだ。そこに坐ってうなだれているのはあの晩、オリガに頼んで会う事が出来たミハイロフスキイその人だった。あの老作家がそこにいた。

「いったい、どうして——」

「わかりましたか、鷹野さん」

と、ダニエルが哀れむように鷹野を見て言った。「あなたが会ったのは、この男であって、ミハイロフスキイ氏ではありません」

鷹野は何か言おうとした。だが何を言っていいか判らなかった。彼はかすかに唇を震わせただけだった。それはあり得ないことなのだ。ダニエルは続けた。刑を宣告するような重い声だった。

「ここにいるのは、ある国の巨大な組織に利用された哀れなポーランドの難民です。あなたは、その背後の組織に欺かれて、レニングラードでこの偽のミハイロフスキイに会ったのです」

「そんな馬鹿な——」

彼はかすれた声で叫んだ。「ぼくは写真でこの作家を知っているんだ。この人は——」

「彼は整形手術を受けたんですよ。アメリカの医科大学の研究室でね。ある巨大な組織が金と、技術と、政治的な力を結集してそれを援助した。そして本物のミハイロフスキイと全く同じ顔になったこの男に、アクターズ・ステュディオでみっちり偽作家の演技を叩きこんだのです。その演技指導に当ったのは、あの世界的に著名な映画監督のR氏ですよ。彼はこの仕事のためにハリウッドの大きな仕事を断らせられました」

お坐りなさい、とダニエルは椅子を指して言った。そして自分の両手を尻のうしろで組んで、個人教授の先生といった格好で語り出した。赤いネクタイが、のど仏の上で花のように動いた。

「あなたを引っかけたオリガという娘が、あなたの誘導者の役を果した。彼女はユダヤ系のソ連市民ですが、両親の死をソ連政府のせいだと信じこんで、西側の組織に協力したのです。彼女はあなたがソ連へ入国してからずっと、あなたをマークして接近していました」

「信じられん」

と鷹野は呟いた。「いったい何の為に――」

ダニエルは煙草を取り出して鷹野にすすめた。鷹野は頭を振った。彼はダニエルが語り出すのを息を殺して待った。彼の頭の中では、レニングラードに着いてからの、いくつもの疑念が、今あざやかによみがえってきた。

自分から進んで接近して来たオリガ。そして偶然というには余りにも好都合に、彼女が老作家の助手であったこと。また彼女の説得で、あんなにも頑固に面会を拒んだ作家があっさり会ってくれたこと。だが、いったい何のために！　誰が！　どうして！　ダニエルの声が続いた。

「いわばこれはメジチ家以前からくり返されている知的な戦争の一例に過ぎません。実を言うと、私もその道の専門家の一人です。西側の陣営は、ソ連には自由がない、という月並みなスローガンを、この辺でもう一度世界に叩きこんでおこうと企てたのです。最近、ソ連社会が柔軟性をとりもどし、明るい安定期に向いつつあるという見方が強まってきてましたからね。どんなに豊かになっても、共産主義は共産主義だ、何よりもまず、自由がない、と宣言したかったのです。

　ある大変に頭の良い男が、日本の新聞を利用する事でワンクッションをおき、作戦に真実味を加える事を思いついた。日本人を使えば、直接の責任も取らずにすむ。一石二鳥と日本語で言いますね。あれですよ。そして、癌性の病気で死期の迫っている日本の露西亜文学者と、同年代のソ連老作家を一通の手紙でつなぐという洒落た細工をした。そしてその組織は、秘密のうちに転向反ソ作家のグループをあつめ、ソ連におけるユダヤ人問題の資料をドルに物を言わせて収集したのです。そして、討論システムで作家グループに長篇小説の制作を行わせた。ミハイロフスキイの文体、用語、比喩、会話にいたるまで徹底的に研究させてね。ここで巨大な電子計算機が果した役割りを軽視してはいけません。その偽作品の土台となったのは、あるユダヤ系難民の無名作家が書いた某家族の歴史です。組織はそれを買い受け、細部の仕上げを専門の作家グループに依頼したのです。ですから、あの小説に、いくつか感動的なエピソードがあるのは、その原作者の真実が残ったのでしょう。また作品の構成や文体がしっかりしているのは、専門家たちの集団仕上げの功績かも知れません。実際、あれは読ませる小説ですからね。そして入院中の露文学者、東野秀行氏が亡くなった後で、組織は一通の偽手紙をQ新聞の森村論説主幹に届けさせた」

「すると、論説主幹ごとQ新聞が引っかけられたというのか」

「とんでもない。最初にこの大がかりな計画を考えついた頭の良い男というのが、あの論説主幹氏なんですよ。あの人物はアメリカに留学した時から、その組織と微妙なつながりが生じていたのです。彼はチェスを楽しむようにこの反ソキャンペーンのプランをねったのでしょう」

「信じられない――」

「信じる信じないは、あなたの勝手だが、まあ、最後までお聞きなさい」

鷹野は、黙って床をみつめた。油のしみの上を疲れた羽虫が一匹、動いては止っている。説明を続けて欲しい、と鷹野はダニエルに言った。

「彼らのめがねにかなった、有能で、理想的なジャーナリスト、それがあなただった。まったく考えられんほど旨く行ってる。あなたはロシア語が喋れ、ミハイロフスキイの作品を愛していた。それに信じ易い、良い人だ」

「やめてくれ。それより、先を――」

「モスクワからレニングラード、あなたは組織に見張られながら動いて行った。そして、あなたはレニングラードでミハイロフスキイに働きかけ拒絶される。あなたの申し出を断ったのが本物のミハイロフスキイ夫妻ですよ。彼はそんな小説など書いてもいなければ、ソチで東野さんに会った事もなかった。断るのが当然でしょう。弱っているあなたに、オリガが自然な形で近づく。そして、うまくあなたを引っかけて誘導する」

オリガ！　と鷹野は目をつぶった。あの晩のネヴァ河の流れ。〈こわい！〉という鋭い叫び声が耳の奥にきこえた。

「深夜のアパートで本物の老作家夫妻は、深い眠りにおちいっていた。これも麻酔専門家の仕事です。彼らはその間にアパートの天井にドル紙幣や、原稿のコピーや、タイプライターや、出版社の書状など証拠物件をしこたま隠し、部屋を暗くして偽の老作家、このポーランド人を書斎に坐らせ、準備万端ととのえてお客を待った。そこへ、当夜のドラマの副主人公、あなたがオリガに連れられて登場する。本物の作家夫妻は、隣の部屋でこんこんと眠っていた――」

隣の部屋で物音がした時、オリガと老作家が異常な敏感さで腰を浮かせた事を、鷹野はまざまざと思い出した。

「演技は完全だった。ドラマはコンテに従って進行した。あなたは感激して原稿を持ち帰り、徹夜でそれを複写した。そして、そのフィルムを誰かに渡して国外へ運ばせた」

鷹野の目に、蒼ざめた一頭の馬が見えた。ダニエルの説明とともに、その背後の霧が晴れ、目のくらむような深い亀裂が鮮かに見えはじめた。

「そしてあの作品はQ新聞から出版され、ベストセラーになった。世界各国でも同様だ。裏で組織だったセールスが行われたのは勿論です。彼らの狙いはようやく目標に近づいてきた。そこで仕上げがはじまります。ミハイロフスキイ氏の密告は、彼等の手で、きわめて正確に行われました。情況証拠も、物的証拠も、すべて完全に用意されています。全部がミハイロフスキイ氏の計画的犯行を示しているのです。当然、彼は逮捕されました。書いた覚えのない反ソ小説の恥ずべき実作者として」

鷹野は、ただ黙って相手の話を聞いていた。いま、彼にできるのは、この時間を無言で耐えている事だけだった。

「さて、それから開始された華やかなキャンペーンは、すでにご存知の通りです。今朝もワルシャワのスウィアト誌が、ソ連文化政策を批判する記事をのせました。東の内部がこれです。ソ連には自由がない、という不信感をあおる狙いは、完全に成功しました。世界はミハイロフスキイ裁判を息を殺して見守っているのです」

その組織とはアメリカのＣＩＡの事か、と鷹野はたずねた。そうではない、と相手は首を振った。

「それは一国の情報機関ではありません。世界の自由主義の陣営を連合した統一戦線的な国際組織です。もちろん、日本もその有力なメンバーですがね」

鷹野がダニエルをみつめた。ダニエルは素早くその目の色を読み取って答えた。

「私はそういった謀略に対抗する立場の専門家です。私はこの事件の密告の正確さ、すべての証拠のあまりの完全さに、疑問を抱きました。そしてカレリアからラップランドへ脱出して消えた複数の外国人の行方を、私は追い続けました。スカンジナヴィアからアラスカへ飛び、サンフランシスコから、更に東京へとたどって来たのです。そして何と東京で隣の部屋にいるこの男を捕えました。彼は日本へ送られて某国大使館にかくまわれていたのです。そして彼の自供をもとに計画のすべてを私はつきとめたのです。それはまさしく世界的な規模での大作品でした」

「オリガは？　彼女はどうしたのだろう」

「その娘はヘルシンキを発つ前に自殺したそうです。理由はわかりません」

「ぼくは、どうすればいい？」

と鷹野はいった。「ぼくは本物のミハイロフスキイ氏の無実を証明する証人に立つべきだろうか」

「最初は私もそうしてもらう積りでした。そしてあなたとこの男を証人に、敵の企てをあばいて、逆に彼らを叩きのめすつもりでした。だが今はもう、あなたにしてもらう事は何もなくなりました」

「どうして？」

ダニエルの目が暗い翳りをおびた。彼の二重顎にきざまれている厳しい線が、いっそう深くなった。彼は怒りを押えることのできぬ口調で言った。

「ミハイロフスキイ氏自身が、私の調査資料全部の提出とそれにもとづく弁護の申し出を拒絶したのです。何という事だ、全く！」

「なぜだろう、それは」

「彼はレニングラードへ飛んで取調べにとりかかった私に言いました。あの作品は、自分が書くべきだった、とね。〈自分が書いたと称されるその本を、今度わたしははじめて読んだ。作品としては足りないものがある。だが、ここには、明らかにいくつかの真実がある。われわれ文学者が目を閉じて通りすぎてきた真実の一部が。もし誰かがこれを書かなければ、この本はわたしが書くべきだったろう〉と。そして、こうつけ加えたのです」

ダニエルは、言葉を切って窓の外に目をやった。そしてゆっくりとミハイロフスキイの言った言葉を吐きだした。

「わたしは、この本を書かなかった。しかし、それ故にこそロシアの作家であるわたしは罰せらるべきだ——と」

鷹野は彼の言葉を口の中でくり返した。

わたしはそれを犯さなかった、だが、それ故にこそわたしは罪人なのだ——。

それは、かつてミハイロフスキイが書いた〈オデッサから来た男〉の主題だった。

本物のミハイロフスキイがそこにいる、と鷹野は直感的に老作家の考えを理解した。

「裁判の結果はどうなるでしょうか」

「それは私の調査資料を提出するかしないかにかかっています。これを出せば、勿論、彼は無罪でしょう」

だが、と彼は言い、額の汗をハンカチでぬぐった。「だが、私はこの資料と証人を、提出するな、と命じられたのです」

「いったい、誰に？　なぜ？」

「それは言えません。だが、こういう事だけは私にも判る。もし、この資料と証人を提出して彼が無罪と決ったらいったいどうなるんです？　彼の初期の作品から槍玉にあげてミハイロフスキイの文学は本質的に反ソ的な傾向があったと論評した作家協会や、党のおえらがたや、放送や新聞の権威は？　彼等の信用は？」

「それはちがう！　そうじゃない」

「いや、ちがわない。これが政治というものなんだ。もしこのままミハイロフスキイが有罪となれば、一人の作家を失うだけだ。だが、もし彼が無罪になれば、ソ連文化界全体の権威が失墜する。それこそ実は彼らの隠された本当の狙いかも知れない。この男を東京でやすやすと私に捕えさせたのもそのためではないだろうか。敵は、どう逃げても逃げきれない実に恐しい手を打ってきたのです。実に巧妙で、芸術的とさえいえる悪意に満ちた手を。事件が発展するごとに内部の動揺や矛盾が相乗し合うような――」

どっちにも逃げられない手、と鷹野は口の中でくり返した。自由、という一つの観念を餌に仕かけた世界を包む巨大な罠。

ダニエルは静かな、哀しみさえ感じられる声で呟いた。

「さて、私は今から、あの哀れなポーランド難民の処置にかからねばなりません」

「ぼくは？」

「どうでもお好きなように」

二人は黙って向き合って立っていた。それから鷹野は、その、はじめは陽気で、最後は陰気になった職業情報員に背を向けて、部屋を出た。

外へ出ると、あたりの樹々にはもう夕闇が濃くからんでいた。あのポーランド人をどう処置するのだろう、と考えかけ、考えるのをやめた。オリガの暗い目の色と、遠い鐘の音を思い出しかけ、それもやめた。元町に出てタクシーを拾い桜木町へ走らせた。夕暮れの港町には、どこかバタ臭い哀しみの気配がたちこめていた。混雑する交差点にタクシーがとまった。何気なく見上げた電光ニュースが、鋭く鷹野の胸に突き刺さった。

〈――に七年の刑を求刑した。明日の関東地方の天気は雨のち――〉

鷹野は走り出したタクシーの窓から、もう一度その文句をたしかめようとした。たぶん、それはありふれた国内の犯罪ニュースに違いない。遠ざかる青い電光の流れは、もう今夜のプロ野球の結果を空しく空に描き続けるだけだった。

〈焼き日ですよう〉

〈今日は焼き日ですよう――〉

しばらく訪れてこなかったその声を、鷹野は不意に耳もとに聞いた。それは電光ニュースのかなた、星のない暗い空を群をなして翔けてゆく、蒼ざめた馬の背後から響いてくる世界の明日を告知する声のように思われた。

赤い広場の女

1

ホテル・モスクワは堂々たる建物だった。あまり堂々とし過ぎて、ホテルとは思えないほどだった。それは、むしろ古い大銀行か、官庁のように見えた。

ホテルの十五階には、展望の良いカフェがあった。〈モスクワの灯〉というのが、そのカフェの名前だった。

「ここから見るモスクワの夜景は、ちょっとしたもんだぜ」

と朝見が言った。「もちろん、東京みたいにネオンの氾濫《はんらん》ってわけにはいかんがね」

「そのほうがいい」

と私は言った。「赤い灯・青い灯はもう沢山だ。そいつから逃げだしたくって、わざわざモスクワくんだりまでやって来たんだからな」

六月にはいったばかりの、良く晴れた日曜日の午後だった。私たちは、窓際のテーブルに陣どって葡萄酒を飲んでいた。何というのか知らないが、びんの王冠の部分を金色の紙で巻いた、なかなか旨い葡萄酒だった。広々と開け放った窓から、気持のいい初夏の風が吹いていた。

　私は昨夜モスクワに着いたばかりだった。ＴＵ一一四で一気にシベリアを越えた疲れのせいか、今朝はすっかり寝すごしてしまったのだ。おかげで国営旅行社《インツーリスト》の遊覧バスにも間にあわず、といって、一人で街に出るのもおっくうだった。そこでフロントに頼んで、朝見に電話をかけ、このホテルまで呼び出したのである。彼は私の古い友人だった。二年ほど前から、ある一流商社の駐在員としてモスクワに来ていた。

「相変らず無計画な男だな。モスクワにくるならくると、なぜ前もってちゃんと連絡をつけておかんのだ。そんな調子で勤まるもんかね、テレビ局なんてとこは」

　例のごとく、電話口でがみがみ文句を言いながらも、彼はさっそく駆けつけてきた。学生の頃から、口はうるさいが気のいい男だった。私とは正反対の陽性の活動家である。

　一緒にブフェットで昼食をすませて、この十五階のカフェへ上ってきたのだった。

「ところで、今度の旅行の目的は何だい。見たところ取材でもなさそうだが」

「だからさっき言っただろう。東京から逃げ出してきた、と」

「わからんな、お前の言う事は」

「気にするなよ」

と私は言った。彼にわかるように説明しようと思えば、できたかもしれない。だが、それが一体、何になるだろう。私がこの一年間、局の看板番組の演出者として、神経がぼろぼろになるほど無理を続けてきた苦労話など、商社員の彼には全く関係のない話だ。ましてその番組の終了と同時に、私がひどいスランプに落ちこんだ心理を分析してみせた所で、彼が面白がるわけでもあるまい。

「東京は忙し過ぎるのさ」

と私は自嘲的な口調で彼に言った。「おれには休養が必要なんだ。広々とした土地、のんびりと図太い人間、とにかく東京と全く違った国で一月ほど休みたかった。視聴率のことも、スポンサーのことも、女のことも、ぜんぶ忘れてな」

「なるほど――。それで、望み通り一月の休暇がもらえたというわけか。豪勢なもんだ」

「いや。二週間だけ休むことにしたよ」

「なぜ？」

「一月もテレビの現場から離れるのは、正直いって不安なんだ。取り残されそうでね」

朝見は憐れむような目で私を見て呟《つぶや》いた。

「なるほど。東京に居るのも不安、居ないのも不安、か。こいつは確に休養が必要らしいな」

それから右手をあげて、窓から見えるモスクワの街の上に、大きな弧を描いてみせた。

「まあ見てみろ。お前の目の下に八百年の歴史をもつモスクワ市の半分がある。タタール人や、ナポレオンや、ヒットラーが、この国を支配しようと試みて、空しく敗れ去った夢のあとだ。ほら、それがマルクス大通り、それからクレムリン、その左が赤い広場。運河を通じて五つの海と結びついている大ロシアの心臓だ。レニングラードは、たしかに美しい街だとおれも思う。だが、あれは欧州博物館じゃないか。モスクワは生きてる。正真正銘のロシア人の街だ。若くて、すごいエネルギーがある。お前も、そいつをたっぷり吸収して帰るんだな。世界の片隅の、たかが電気紙芝居の仕事ぐらいでピリピリするこたあねえだろう。え？」

相変らずというのは、そっちの事だ、と言おうとして、私は口をつぐんだ。澄んだ大気を通して目の下にひろがる初夏のモスクワは、確に東京にない何かを持っていた。朝見の大時代な演説を、それほど滑稽に感じさせないものが、そこにはあった。クレムリンの胸壁の鮮かな赤と、目にしみるような樹木の新緑。冷く美しい空気。そして旨い葡萄酒。

長い間、私を悩ませたあの鬱状態から、今度こそ脱《ぬ》けだせるかもしれない、という予感がした。


その日の夜、私と朝見はホテルのレストランで、コニャックを飲んでいた。歯の間でプップツはじけるような見事なキャビアが、私を少し幸福な気分にしていた。

「疲れたろう。大分強行軍だったからな、きょうは」

と、朝見が笑いながら言った。午後、カフェを出てから彼の車で、駆け足のモスクワ見物を試みたのだ。私は、風景とか、名所旧蹟だとかには、余り関心がなかった。だから、クレムリンや国民経済博覧会やモスクワ大学などは、外側からちらと眺めて通り過ぎた。私が見たいのは、人間だけだった。この街で過す二週間を、私は地下鉄に乗ったり、大衆浴場《バーニャ》や、サーカスへ行ったり、市場《バザール》で果物を買ったり、クワスの立ち飲みをしたりして過したかった。できればロシア人の友達を作りたかったし、若い女の子とツイストを踊ってもみたかった。

「きょう見たうちで一番驚いたのはここだね」

と私は言った。「レストランと言うから料理店かと思ったら、ナイト・クラブじゃないか。盛大なもんだ」

「なにも驚くことはないさ。つまり、食って、飲んで、踊って、楽しくやる場所と思えばいい。べつに特権階級の専用ってわけじゃないし、ノー・ネクタイでも一向にかまわない店だ。勿論、ルーブル紙幣は必要だがね。お前、まさかロシア人が、酒や音楽や美人が嫌いな人種だなんて思ってやしないだろうな」

それはクラシックな彫刻に飾られた立派な広間だった。天井にはシャンデリアが、華やかな光を投げていた。銀盆を胸いっぱいに抱えて、小走りにすり抜けるウェイター。一見女優ふうの美しい女を連れた、ダークスーツの老紳士。ブレザー姿のアメリカ青年の一団は、壁際のテーブルで行儀よくビールをなめている。

音楽が変った。正面のステージで、バンドが器用にサンバをやりだした。まん中のフロアで、観光客らしいカップルが、ちゃんとしたサンバのステップで踊り始めた。

すでに十時を過ぎていた。店内の空気は、いっそう熱っぽく、騒々しくなってきた。テーブルの上に金色に輝くイクラ。湯気の立つシャシリクの皿と、触れ合うグラスの響き。若い娘の笑い声。テナー・サックスの陽気なコーラス。

「おい、踊ってこいよ」

と朝見が目くばせして囁《ささや》いた。「あそこのテーブルにいる女たちを見ろ。旅行者目当てのプレイ・ガールだ。うまく持って行けばとんだ日ソ親善にならんとも限らんぜ」

「今夜はやめとこう。おれは社会主義国家の夜に、少々ショックを受けてる所なんでね」

「明治百年、ロシア革命五十年さ。ソヴェートだって、どんどん変る。それが当然だよ。革命も、戦争も、もう昔の話になってしまったんだ。日本だってそうだろ？」

「そうかね」

私には、わからなかった。だが、もう二年もモスクワに住んでいる朝見の言葉を、信じないわけには行かない。彼は仕立ての良い濃紺の服を、とても見事に着こなしていた。陽に灼《や》けた健康そうな肌と、有能な商社員らしい引き緊《しま》った体軀をもっていた。黒く太い眉の下に、機敏に動く鋭い目もそなえていた。

彼はすでに、外国人の前に出ると、とたんに卑屈になるか又は過度に傲慢さをしめす、古いタイプの日本人ではなかった。控え目に振舞いながら、しかもごく自然な落着きと自信を見せて、ロシア人たちを眺めていた。私と同じ二十九歳の朝見は、たしかに新しい型の国際的な日本人と言えるだろう。

「どうやらおれの意見に納得がいかんような顔付きだな。大体お前は昔から理屈っぽい奴だったが——」

　よし、と彼はうなずいて立ちあがると、フロアを横ぎり、向かい側のテーブルに近づいて行った。そのテーブルには、木綿のスラックスに半袖シャツという、いささか型破りの格好をした若者の一団が陽気に騒いでいた。

　彼らのはしゃぎぶりは、客の中でも一きわ目立っていた。見事な金髪の、いかにも若々しい活潑な青年たちだ。みんな輝くばかりに幸福そうで、ツイストを踊ってもずば抜けてうまかった。大人たちの乾布摩擦みたいなツイストでなく、膝の屈伸で踊る垢抜《あかぬ》けした踊り方だった。

　朝見は彼らと何か二言三言喋《しゃべ》ると、軽く手をあげて席へもどってきた。

「やっぱり思った通りだった」

　と彼は坐りながら言った。「ドイツの大学生たちだよ、あの連中は」

「ドイツ人だって？」

「ああ。おれが日本人だと自己紹介したら、連中は、けげんそうに顔を見合わせただけだったよ。日本は昔の同盟国だ、このつぎ戦争をやるときはイタ公抜きでやろう、なんてことは一言も吐かなかったぜ」

　それから彼はアメリカ煙草に火をつけて、ゆっくりと喋りだした。

「第二次大戦でソ連は二千万人の犠牲者をだしてる。ほとんどがナチス・ドイツにやられたんだ。レニングラードだけで、六十五万の一般市民が死んだ。モスクワの二十五マイル先までドイツ軍が迫った時もある。ドイツ占領軍は、この国ですごいことをやったらしい。なにしろ二千万人が殺されたんだ。今あそこで騒いでいる大学生たちの親父や、叔父貴たちにな」

私は学生の頃に読んだ、ワシレーフスカヤの〈虹〉という小説のことを思い出した。ソ連でドイツ軍が何をしたかを、私はその物語や映画によって、多少は知っていた。

「見ろ。あの戦後生まれのドイツ人たちを。まったく、何のコンプレックスも感じてやしない。ロシア人たちの方でも知らん顔だ。おれたちだって、そうじゃないか。ソヴェートが誕生した時に、日本軍がやったシベリア出兵を、お前さんはいま気にしてるかね。こっちも忘れてるし、向こうも憶えちゃいない。それと同じことさ。ロシア革命が見たけりゃ、ゴーリキイ通りの革命博物館へ行け。旨い料理が食いたけりゃアラグビへ行け、だ」

私は黙っていた。朝見の言葉には雄弁な口調とは反対の、何か苦い感情をひそめた響きがあった。それは何だろう、と私は思った。

「明治百年、革命五十年、そして戦後二十年――」

と朝見は独り言のように呟いた。「もうみんな済んだことさ。いつまでも過去にこだわるべきじゃない。そうだろ？　つまり――」

激しいリズム・アンド・ブルースのビートがひびいて、彼の言葉を呑みこんだ。

ＹＡＨＨＯ！　と奇声をあげて、数人のドイツ青年たちがフロアに飛びだした。彼らは美しい金髪を獣のように打ち振りながら、強烈なリズムに合せて上体を震わせた。離れたテーブルから拍手がおこった。さっき朝見が言ったプレイ・ガールのグループだった。彼女らの中の一人が、短いスカートに包まれた曲線をスイングさせて、踊りに加わった。

「あれでいいんだ。昔は昔、今は今――」

と朝見が呟いた。その時、私はこの有能なエリート商社員の横顔に、暗く鬱屈《うっくつ》した何かの翳《かげ》を見たような気がした。

2

翌日、私は電話のベルで起こされた。まだ八時半だった。窓のカーテン越しに、強い陽ざしが流れこんでいた。

電話は、朝見からだった。

「今日はおれは仕事でつきあえないんだが」

と彼は挨拶ぬきで喋りだした。いつもの、てきぱきした口調だった。「その代り、有能なガイドをお前さんにつけてやる。そろそろ出かける準備をしろよ」

「いや、そんな心配はしないでくれ」

と私は言った。今日は一人で歩き回ってみる積りだった。行き当りばったり、ふだん着のモスクワを見て歩こうと考えていた。案内者などいると、かえって気づまりだ。

私がそう言うと、朝見は受話器の向こうで軽い笑い声をたてた。そしてからかうように、

「いいのかね、そんなことを言って。後で後悔しても追いつかんぞ」

「どういう意味だ？」

「95・60・90。おれが手配したガイドのサイズさ。美人で、知的で、うまい英語と、片言の日本語を喋る。良い娘なんだがなあ」

「待ってくれ。いますぐ顔を洗って服を着るよ」

「主体性のない野郎だ。日本の将来が思いやられるぜ」

朝見は笑いながら、九時に〈赤い広場〉へ行くようにと言った。広場の突き当りにネギ坊主みたいな極彩色の寺院がある、その寺院の手前左側に円形の石囲いがあるから、その石段の上に立って待っていればいい。

「彼女の名前はリューバだ。すかっとした格好をしてるから一目でわかる。どうせ彼女の方からお前を見つけるだろうが――」

電話を切る前に、少しためらうような間をおいて彼は言った。

「一言つけ加えておくが、彼女を口説くのはよせ。どうせ無駄だから」

「なぜかね」

「リューバは、おれと婚約してるのさ」

「畜生め。どうせそんなことだろうと思った」

だが、受話器をおくと、私は大急ぎで出かける用意にとりかかった。丁寧にひげを剃り、髪をなでつけた。いったん背広を着、またそれを脱ぎ、太編みのベージュのスウェーターに変えた。白っぽい綿のスラックスに軽い靴をはき、食券のつづりとルーブル紙幣をポケットに押しこんで部屋を出た。

いい天気だったが、空気は冷かった。ホテルから〈赤い広場〉までは、歩いても五分とはかからない。交差点を渡って広い通りをまっすぐ行くだけだ。博物館の横を抜けると、目の前に石畳みの広場が、ぐいとせり上ってきた。〈赤い広場〉だった。

私は広場の入口に立ち止って、案内書をひろげた。右手の赤い城壁は勿論クレムリンだ。左手の重々しい美術館のような建物が、グム百貨店。そして突き当りに、朝見の言うネギ坊主、聖ヴァシーリイ寺院がそびえている。

聖ヴァシーリイ寺院は、実に奇妙な印象をあたえる建物だった。童話のお城のような極彩色の塔と、その上にのっかった宇宙観測気球に似た宝珠形屋根。地面に建てられたというより、切り抜いて空中に浮べた真昼の夢といった感じを受ける。

私は陽光の降りそそぐ石畳みの広場を、まっすぐ横切って行った。レーニン廟の前を過ぎ、スパスカヤ塔の前までくると、左手に私の待ち合わせの場所が見えた。それは、かなり大きな円形の石垣だった。正面に階段があり、その上に鉄の柵がはめてある。

案内書を探すと、処刑場となっていた。昔ここでツァーリの判決が読み上げられ、死刑が行われたという。一六七一年にはステパン・ラージンが、ここで首をはねられたらしい。

私は階段に立って、95・60・90の案内者が現れるのを待った。

やがて九時だった。階段の上からあたりを見渡したが、それらしい娘の姿はなかった。

スパスカヤ塔の大時計の針が九時を指した。私は案内書の文章に目を走らせた。二十五トンの重さをもつ大時計。直径約六メートル、短針二・九七メートル、長針三・二八メートル。すごいグラマラスな時計だった。

その時、誰かが私の名前を呼んだ。顔をあげると、階段の下に若い婦人が立っていた。確める前から、それがリューバだとすぐにわかった。こんなに魅力的な娘は、そうざらにいるものではない。

彼女は何かをたずねるように、私を見上げていた。亜麻色の髪で、目は淡い青。なで肩で、首が長く、素敵な体つきだった。どこか大人の体に少女の顔をつけたような、アンバランスな感じもあった。白いジャージイの服を着ていたが、彼女の肌のほうがもっと白く見えた。二十五、六歳ぐらいだろうか。

「朝見さんのお友達でしょう？」

と彼女が、きれいな英語できいた。

「そうです。あなたがリューバ？」

「おくれてしまって、ごめんなさい」

「いいえ」

と私は階段を降りながら、案内書を閉じて笑った。「おかげでぼくはスパスカヤ塔の大時計のサイズを暗記しましたよ」

彼女は黙ったまま、かすかに微笑した。こっちの心にしみ通るような、優しい微笑だった。彼女が朝見の女だと知らなかったら、私は階段を踏み外していたに違いない。

3

リューバは、じつに素敵な案内者だった。彼女は、私が相当ひねくれた男だということを、一目で見ぬいたに違いない。

「あなたはローマかパリに行くべきだったと思うわ。飛行機に間違えて乗ったんじゃなくって？」

私が自分の行きたい場所を申し出たとき、彼女は呆れたような口調で言った。だが、それらの場所に私を連れて行くことを拒絶はしなかった。困った人ね、と優しい目で軽くにらんだだけだった。

その日、私たちは三つの喫茶店と、二つのデパートを回った。動物園と競馬場へ行き、モード会館でファッション・モデルの品定めをやり、アイスクリームの立ち食いをした。競馬では、ひどい損をした。リューバのすすめで、〈ガガーリン記念一六〇〇繋駕《けいが》レース〉に手をだしたためである。リューバのように、予想紙を買って研究しなければ無理だとわかった。

リューバは、そんな私に呆れ果てながらも、けっこう彼女自身も楽しんでいたらしい。

モスクワ川のポンポン蒸気に乗ろうと言いだしたのも彼女だったし、ゴーリキイ公園で露天のチェスの勝負を挑んだのもリューバのほうだった。トロリー・バスと、地下鉄を利用して、私たち二人はモスクワ中をよたって歩いたわけである。

夜、私たちはゴーリキイ通りの〈青年カフェ〉で、ツイストを踊っていた。リューバは決してうまくはなかったが、チェコのビールのせいで、ぽうっと上気したように頰を染めた風情は大したものだった。

その店を出たのは、十一時近かった。私たちは夜のゴーリキイ通りを流して、マルクス大通りへもどり、そこからボリショイ劇場の前へ出た。白く浮び上っている劇場の手前に、ライラックの茂みと、ベンチがあった。

「坐りましょう」

とリューバが言った。「少し歩き過ぎたわ」

私たちはライラックの花房の強い匂いに包まれて、肩を並べて坐った。

「今日はじつに愉快だった。君のおかげで」

と私は言った。

「わたしも楽しかったわ」

「ぼくらは遊びに夢中になり過ぎていたような気がするよ」

「それ、どういう意味？」

とリューバがきいた。私は少し口ごもった。英語でどう旨く表現していいものか、適当な文句が頭に浮ばなかったからだ。

「ぼくは君のことを、ほとんど聞いていないんだ。君の年も、仕事も、家族のことも――」

「わたしも、あなたのことを知らないわ。知っているのは、あなたが朝見さんの親友で、東京からやってきたということ。それだけよ」

ベンチの前の舗道を、人々が絶え間なく流れて行った。花束を持った娘たち、ギターを鳴らしながら歩く青年もいた。六月というのに、少し肌寒さを感じるほどだった。私たちは、お互いに少しずつ自分の生活について情報を交換した。

リューバが或るモードの店で、デザイナーとして働いていること、朝見とは昨年の夏の休暇に、オデッサで知りあったこと、彼女に朝見がプロポーズして半年たつこと、などを私は知った。

「朝見は君のことを婚約者だと言ったぜ」

「いいえ。わたしはあの人にお断りしたはずよ」

「なぜだい。外国人と結婚するのが不安なのかね？　それとも何か法律的な――」

「そうじゃないの」

とリューバは首を振り、目をあげて私をみつめた。彼女は長い時間、だまっていた。ボリショイ劇場の方角から差してくる光の中に、彫りの深いリューバの顔がほの白く見えた。それは、ひどく幼い、いまにもこわれそうな弱々しい感じだった。

「朝見さんとわたしは、違ったタイプの人間なのよ」

「違ったタイプ？」

「ええ。正反対のね」

リューバは目をそらし、低い声で呟くように言った。

「あの人は決して後を振り返らない。いつも前だけを見ようとしている。わたしは駄目なの。どんな時にも過去を忘れることができないんだわ。いわば、うしろ向きに立っている女よ」

「それがどうだって言うんだい」

「彼はわたしが過去にこだわり過ぎるって言うの。あの人には理解できないんだわ。わたしが過去から逃れられないことが。そして、わたしにも理解できないの。彼が過去は忘れられると信じていることが。お互いに理解できない者同士が、結婚できて？」

「愛し合っていれば――」

「それは人間的な愛とは言えないわ」

私は黙りこんだ。あのまま〈青年カフェ〉で踊ってから、別れてしまうべきだった。そうすれば、ロマンチックなモスクワの休日がきれいに仕上っただろう。

ライラックの匂いと、リューバの重苦しい呟きが、じわじわと私の気分を湿らせた。こいつは悪い前兆だった。それから逃げだすためにモスクワへやって来たというのに。

「タクシーで送ろう」

と私は立ち上って言った。「夜のボリショイ劇場とリラの花。こんな背景は危険なんだ。親友の愛してる女性を口説きたくなる雰囲気だよ」

「面白い人ね。いったい、あなたはどっちを見ているの？　過去？　それとも未来？」

「現在だけさ。こんな具合に」

と私は言い、リューバの肩を葉蔭に引きよせてキスをした。彼女は最初すこし抵抗し、それから不意に動かなくなった。リューバの乳房が私の胸を強く押しつけていた。手ごたえのある、豊かな乳房だった。

「人が見てるわ」

とリューバが体を離して言った。「少し歩いて、それから別れましょう」

私たちはホテル・モスクワの横に出た。そこから見ると、クレムリンが昼間の威圧的な表情を闇に溶かして、幻灯の城のように美しかった。

「今朝のあの場所で別れようじゃないか」

「センチメンタルな人ね」

リューバは私の腕を取って〈赤い広場〉へ向って歩きだした。

広場には、もう誰もいなかった。聖ヴァシーリイ寺院の玉ネギの塔へ、まっすぐ進んで行った。

右手にスパスカヤ塔の黒い影があった。私たちは今朝リューバを待った石囲いの前へきた。

「それじゃ――」

とリューバが右手を出した。私たちは握手をし、顔を見合わせて何となく微笑した。

「朝見さんに会ったら――」

と彼女は改った声で言った。「あなたから伝えておいてください。わたしは近いうちにウクライナの田舎へ帰ります。もうお会いすることもないでしょう、と」

どうしても自分はそこへ帰って行かねばならないのだ、と彼女は続けた。「わたしの過去がそこにあるのです。その記憶から逃れるためにモスクワへきたのですが、やっぱり駄目でした」

軽く右手をあげて、リューバは広場を横切って行った。彼女はクレムリンの壁にそって、モスクワ川のほうへ見えなくなった。私はステパン・ラージンの首を斬った石囲いの中を一度のぞきこんで、ホテルへ歩いて帰った。

4

TU一一四は、瑠璃《るり》色の空を翼をしなわせながら飛んでいた。円窓からシベリアの密林《タイガ》が蒼黒いしみのように見えた。ガラス窓の縁に、うっすらと氷の花模様ができていた。

私は空港で朝見が渡してくれたエレヴァンのコニャックを一口飲み、シートを倒して彼との会話を思いおこそうとした。

私が彼にリューバの言葉を伝えたのは、昨日の午後だった。私たちは、最初の日と同じように、ホテルの十五階のカフェにいた。

「そうか」

と朝見はぽつりと言った。「帰るのか、ウクライナへ」

私は少しためらってから、彼にたずねた。リューバの過去に何があったのか、ときいたのだ。朝見は黙って窓からモスクワの町を眺めていた。しばらくして、彼は喋りだした。

「二十数年前に、ドイツ軍がウクライナを占領した時、リューバは六歳だった。彼女の村には、かなりのユダヤ人がいた。ドイツ兵はその村でユダヤ人狩りをやって、彼らを根こそぎにしようとした。リューバの両親は、その時あるユダヤ人の一家族を、谷の蔭の墓地にかくまったのだ。ドイツ軍が感づいて、リューバの父親が皆の前で拷問を受けた。リューバの母親は、それでも隠れ場所を白状しなかった。だが、六歳のリューバが泣きながらドイツ将校に叫んだ。あの人たちは十七号墓地にいる！　パパを助けて！　と」

私はそれ以上くわしく聞きたくはなかった。だが、朝見は抑揚のない口調で喋り続けた。

「そのユダヤ人家族は発見され、連行された。彼らはそれきり帰ってこなかった。リューバの父親は、釈放されたがパルチザンに加わって、自殺同様の死にかたをした。村の人々はリューバを責めなかった。だが、成長した彼女はウクライナを離れてモスクワに出た。リューバはモードの仕事で才能を発揮した。美人だったから、男たちは彼女を愛した。だがどうしてもリューバは結婚しなかった。彼女は、二十何年前の過去に引きずられて、自分の未来というものを放棄してしまったんだ」

私は腕組みして朝見をみつめた。私の目の色に彼を咎《とが》めるものを感じたのだろうか、彼は少し青ざめて激しい口調で言った。

「過去を持っていない人間や国家が、あると思うかね。そんなものは、ありはしない。存在するのは、それにこだわるか、こだわらないかの差だけだ」

「昔は昔、今は今、か――」

「そうとも。国際的な競争の中で勝ち抜いて行くためには、そういう割り切り方も必要ということさ」

「じゃ、リューバのことは？」

「もう昨日のことだ。関係ないな」

「嘘をつけ」

と私は独り言のように言った。「おまえ、いつかはその昨日に復讐される日がこないとも限らんぜ」

少し睡《ねむ》ったらしかった。空の色は海の底のような、暗い青に変っていた。翼の下はどこまでも続く雲海だった。その雲の向こうに、東京が私を待っていた。あの粘つくような憂鬱が、かすかに頭をもたげはじめる。エレヴァンスキイの酔いが回ってきた。リューバのように帰って行く過去も持たず、朝見のように賭けるべき明日も信じないおれは、いったいどこへ行くのだろう、と私は思った。

バルカンの星の下に

1

空港の待合室を出ると、見事なポプラ並木が見えた。地面は濡れて、空気は粒立ったように冷かった。どうやら雨あがりの感じだった。

田舎の公民館のような空港の建物の前は、小さな広場になっており、数台の古ぼけたタクシーが客を待っていた。

「タクシー！」

と、私はボストンバッグを高く持ちあげて運転手へ呼びかけた。無精ひげを生やした若い運転手は、私を見て無表情に首をふった。

「なんだ、行かないのか」

日本語で独り言をいうと、私は荷物をおいて建物の前のベンチに腰をおろした。

ブルガリアの首都、ソフィアの第一歩がこんなふうに始ったことに、私はむしろほほえましい好印象さえ抱いていた。国際空港とはお世辞にも言えない、牧歌的な飛行場と、澄み切った空気と、広場をかこむ鮮かな緑の樹々がうれしかった。

私は疲れていた。そして、デモとストライキで沸き返っているパリを離れて、ブルガリアへの短い旅をするためにやってきたのだった。パリの出張所に五年勤めて、来年は東京の営業部へ帰ることになっている。日本にしばらくいて、再び外国へやられることになるだろう。だが、おそらくはそれはヨーロッパではあるまい、帰国の前に数日の短いバカンスを静かなヨーロッパの街で過したいというのが、私の考えたことだった。ブルガリアはパリからひと飛びの距離である。着がえのシャツと靴下、それに小型の詩集を一冊たずさえて、私はソ連製のジェット機に乗ったのだった。学生時代の、あの自由なのんびりした旅への郷愁のようなものが、私にそんな計画をたてさせたのだろう。

「失礼ですが」

突然、背中の方で男の声がした。私は驚いて振り返った。それが思いがけない日本語だったからだった。

立っているのは中年の背の高い日本人の男だった。渋いチェックの、仕立てのいい背広を着て、グッチの大きなバッグをさげている。ふちの太い淡い茶色のサングラスが、男の顔に男性的なたくましさをそえていた。どこかに知的な雰囲気を匂わせる洗練された都会人といった感じの男だった。

「日本のかたでいらっしゃいますね」

「そうです」

相手はほっとしたように、表情をくずすと、

「ソフィアの市内へ行くタクシーは、どこでつかまえるんでしょうか」

「いや、ぼくも今それを考えていた所ですが」

「あれは予約車なんだそうですね」

広場に止っている二、三台の車を指して、その男は言った。

「観光客優遇のPRを熱心にやっている割には不親切ですな、案内所さえ誰もいないんだから」

「どちらからいらしたんですか」

と、私は煙草に火をつけながらきいた。五年間を外国で貿易商社員として過した慣れが、私を何となく落着かせていた。

「ブカレストから一時間ほど前に着きました」

「なるほど」

私は相手に煙草をすすめながらたずねた。

「ルーマニアはいかがでした」

「ええ。まあ、悪くない所ですがね」

相手の男は軽く頭をさげて煙草を一本抜いた。

「いただきます」

「静かですね」

と、私は冷い澄んだ大気の中に、紫色の煙を吐きながら言った。「本当にヨーロッパの田舎にきたという気がするな」

そのとき、空港の建物の中から、一人の女が広場を横切ってやってくるのが見えた。白い高価そうなスーツを着て、先の平たい靴をはいた中年の女だった。とりたてて美しいという顔ではなかったが、どこか翳《かげ》りのある、頭の良さそうな表情をしていた。肌が白く、額を広くあけて、髪をスペインの女みたいにうしろでまとめて結んでいた。

「どうだったの？」

と、その女は私の横の男に小声でたずねた。

「こちらのかたもタクシーを待ってられるんだ」

と、男は言い、家内です、とつけ加えた。

「やあ、どうも」

私は軽く頭をさげて、その女に挨拶した。

「矢島といいます」

「これは失礼しました」

男があわてて名刺を取り出し、私にさし出した。

「申しおくれました。宗谷です」

名刺の肩書きは、東京に近い地方都市の女子大の助教授ということになっていた。

私は名刺は出さず、勤め先の商社の名前を言っただけだった。

「ああ、そうですか。どうりで落着いてられると思いましたよ。外国は長いんですね」

「五年ちょっとです」

と、答えて、私は、もうすぐ帰国するのだと、つけ加えた。

「あの運転手に聞いてみましょう」

私は二人を待たせて、広場の隅に駐車している車のそばへ行った。

フランス語で喋りかけてみたが、反応はなかった。英語も通じないらしかった。

私はあきらめて、懐からさっき両替えしたばかりのレフ紙幣を取り出して男の目の前につき出した。

「ホテル・バルカン」

ホテル・バルカン？　と、運転手がきき返した。そうだ、と私はうなずいてみせた。運転手は少し首をかしげて指先で背中をかいていたが、突然、手をのばして車のドアを開けた。そして手真似で、乗れ、というゼスチュアをした。

私は手をあげて、広場の端に立っている二人を呼んだ。

「この車が行くそうです」

男は大きな豚革のバッグをさげて小走りにやってきた。女はその後をゆっくり空をあおぐように顔をそらせながら歩いてきた。

「やあ、助かりました。どうしてさっきは行ってくれなかったんだろう」

車はスピードを出したら分解しそうな旧式のソ連製ヴォルガだった。私は運転手の横に坐り、二人に後のシートを提供した。

「あなたがたはどこへ泊まられるんです？」

「リラ・ホテルとかいったな」

「矢島さんは？」

と、宗谷夫人がたずねた。彼女はゆったりと落着いて、永年この国に住んでいるような穏やかな目で私を見ていた。光る大きな目と、やや薄い唇には、ほとんど化粧の跡がなかった。目尻にかすかなしわが走っていたが、しなやかな艶のある綺麗な肌をしていた。

「私はホテル・バルカンに泊まるつもりですが」

「国営旅行社の予約はなさらなかったのですか」

と、宗谷夫人がたずねた。私は首をふって勝手な旅がしたいのだ、と言った。

「でも、ブルガリアは共産圏ですのに」

「ええ。わかっています。でも、ソ連ほど面倒な国じゃないはずです。ビザだって必要なかった位ですからね」

ホテル・バルカンの名前は、前にソフィアへ旅行したことのある友人に聞いていたのだ。大きなホテルで、市の中心地にあるということだけしか知らなかった。

運転手が何か言った。私はホテル・リラと言ってうしろの二人を指さし、ホテル・バルカン、と言って自分の胸を叩いた。

「OK」

と、その運転手が答えた。恐らくそれが彼の知っている唯一の英語にちがいなかった。

タクシーはポプラの並木の下を、背中を丸めて突っ走るような感じで疾走して行った。バックミラーの中に二人が映っていた。宗谷氏のほうは八ミリカメラで、外の風景を狙っていた。夫人は両膝の上で手を組んで、じっと目を伏せて何か考え込んでいるようだった。二人の間に流れている雰囲気には、ちょっと判らない所があった。宗谷氏を見る夫人の目つきは、淡々として穏やかだったし、宗谷氏も優しく彼女に対していた。だが、二人の間にはいっしょに坐っていても、どこか冷えびえとした孤独のうちに、離れてとじこもっているような感じがあった。

本当の夫婦ではないのかもしれない、と私は思った。しかし、逃避行の愛人同士でもなかった。しいて言えば、同じ年頃のきょうだいのような雰囲気があったといえる。私は小さな疑問と好奇心を胸の中にしまって、次第に近づいてきたソフィアの街を眺めた。

2

リラは、明るい避暑地風の造りの近代ホテルだった。入口の上が野外テラスになっており、色とりどりの日覆いの下で客たちが坐って何かを飲んでいるのが見えた。

「それじゃ、お元気で」

「お世話になりました」

宗谷夫妻は私に何度も礼を言って車を降りた。私はかすかな淋しさを覚えながら、タクシーを走らせた。別れぎわに、宗谷夫人が一瞬、きらりと光る目で私の目をみつめたことを思い出して、振り返った。二人の姿はもうホテルの前にはなかった。

ホテル・バルカンは、ソ連式の堂々たるホテルだった。市の中心部に、百貨店ツムと向きあうようにそびえている。ホテルの前は広場になっており、古い回教風の寺院の建物が濃い影を石畳みの上に落としていた。

フロントで部屋を頼んだ。

「ＯＫ」

と、肩幅の広い銀髪の男が鍵を投げてよこした。私はパスポートをあずけて階段をのぼった。どこか東欧の持味を残そうと苦心した内部の作りが目立つ建物だった。部屋の中はパリならさしずめ星二つといった所だ。大きなベッドと、戸棚がいやに目立つ部屋だった。

窓をあけると、広い大通りと、グリーンベルト、赤い花壇や信号機が見おろされた。ようやく日暮れにさしかかる時刻で、モスクワふうの高層建築の塔の上に、巨大な赤い星がにじむように光って見えた。

シャワーを浴び、下着を着かえてベッドの上に横になると、また、さっきの宗谷夫妻のことが頭にうかんだ。どうも気になる二人だった。私は服を着て食事をしに下へ降りて行った。

街は薄暗く、市内電車の走る通りのはるか先に、黒い牛の背のようなバルカン山脈の稜線が眺められた。私はツムの五階のレストランで葡萄酒を飲み、シャシリクを食べた。レストランのフロアでは、若い少年や少女が顔を真赤にして古風なジルバを踊っていた。娘たちはほとんど化粧なしの素顔で、少年たちはワイシャツ姿が多かった。

私が葡萄酒をコニャックに切り換えた頃、入口からまっすぐテーブルの間を横切ってくる宗谷夫人の姿が見えた。彼女は一人だった。宗谷氏はいないようだった。彼女はオレンジ色のミニ・ドレスを着て、髪をとかし、肩にかけていた。そんな格好が、夫人をひどく若々しく見せていた。まるで二十代の娘のような華やいだ感じだった。

「奥さん」

と、私は立ち上って声をかけた。

「あら」

宗谷夫人は、少し顔を反《そ》らせるようにして、目を見張った。

「お一人ですか?」

「ええ」

「ご一緒にいかがです」

「ありがとう」

彼女はゆっくりうなずいて私のテーブルにやってきた。

「ご主人はどうされました」

「疲れたといって寝てるんです」

「へえ」

宗谷夫人は、いたずらっぽい目で私の顔を眺め、

「あなたがいま考えてらっしゃることを当ててみましょうか」

「どうぞ」

「疲れて寝ている主人を放っておいて、独りで出歩くというのはどういう心理だろう、そう思ってらっしゃるわ」

「当りました」

私は彼女のためにコニャックとキャビアを注文し、少し浮き浮きした声で乾盃をしようと言った。

「何のために乾盃するんですの？」

「あなたがたお二人の良き旅のために」

と、私は言い、グラスをあげた。彼女は目を伏せて微笑し、グラスをカチリと合せて呟いた。

「わたしたちの長い旅は終ったわ」

「へえ」

と、私は言った。「長い旅って、どの位の期間です」

「そうね」

彼女は放心したように手の中でグラスを回しながら天井を眺めた。

「十五年ちかくよ」

「十五年？」

私は少し酔っている自分を感じた。

「十五年の旅の終りに乾盃――」

と、私はグラスをあげた。

「乾盃」

と、夫人が落着いた声で答えた。

「聞いて！　この音楽。なつかしいわ」

夫人が私の腕をおさえて言った。ステージではバンドが〈ドミノ〉を素朴なスタイルで演奏していた。

「本当だ。あれは、昭和二十――何年頃だろう？」

「朝鮮戦争のころテネシー・ワルツが流行《はや》ったのよ。ドミノは、その後だと思うわ」

「キス・オヴ・ファイアって曲、おぼえていますか」

「あったわね、そんな曲が。それじゃあ、ブルー・キャナリーって曲は？」

ブルー・ブルー・ブルー・キャナリー、と口ずさんで、夫人は私の顔を見た。

「あれはもっと後でしょう」

音楽が変った。ディキシーふうの、どこか牧歌的なアレインジで、綺麗なマイナーの曲が流れだした。

「踊る？」

と、夫人が首を傾けて言った。子供っぽい可憐なコケットリーが、彼女の唇にただよっていた。

「いいですよ」

私たちは少年たちの踊りの中に割り込んで行った。夫人は大柄で、踊っているブルガリアの娘たちの間にいても、とても目立った。

「ロシア民謡でしょう？　この曲――」

「ソ連の流行歌です。モスクワ郊外の夕、とかいったな」

「あれ、憶えてらっしゃる？　郵便馬車の馭者《ぎょしゃ》だった――という歌」

「それより、豊かなるザ・バイカルの――」

「果てしなき野山を――」

「同じ年頃かな、あなたと」

「そうらしいわね」

夫人は私の腕の中で、くくと鳩のように体をふるわせて笑った。二人はぴったり体を合せて踊っていたので、彼女のドレスの下の柔かな腹部のふくらみや、乳房のふるえがまともに私の体に伝わってきた。夫人の髪は黒く豊かで、いい匂いがした。耳たぶに血の色が鮮かに透けてみえた。私は意識して彼女の体をきつく抱きしめ、膝頭を押しつけてターンをした。

「外へ出ませんか」

と、私は言った。「冷房がきいてないから暑いでしょう」

夫人は黙って私の胸の中からはなれた。

勘定をすませて長い階段を歩いて降りた。

「どこへ行きます？」

「どこへでも」

「古い教会でも見ますか」

「ええ」

私たちは広い道路を並んで歩いた。ホテル・バルカンの灯が夜空の高い所に見えた。

「矢島さんは、どういうお仕事ですの？」

「日本で造った工作機械類をヨーロッパに売っていたんです」

「もうすぐ帰国なさるのね」

「ええ」

「奥さまは？」

「帰ってもらうことになっているんです」

「今までは、どうなさってたの？」

「パリに女がいましたから」

「そう」

ずいぶん正直に答えるのね、と夫人は言った。

「宗谷にも若い女がいますのよ」

「そうですか」

女子大で教えている国文専攻の女子学生だ、と彼女は言った。

「とっても正直な可愛いひと。いい家のお嬢さんらしいわ」

私たちはレーニン廟《びょう》にそっくりの、ディミトロフの廟の前を過ぎ、さらに歩いて行った。晴れた夜で、星がはっきりと見えた。

しばらく歩くと、左手に古風なスラブ風の教会の建物の影が浮び上った。尖塔のある、こぢんまりした典雅な教会だった。

「いい建物ね」

「はいれるかな」

私は階段をのぼって、庭の入口の扉を押した。きしんだ音がして、木の扉が動いた。内庭は濃い樹々の影で真暗な海の底のようだった。

「こっちへきたまえ」

「どこへ行くの？」

夫人はかすれた声できいた。私は黙って夫人の手を引いて扉をくぐった。建物の石の壁の前に階段があった。私はそこに夫人を坐らせ、自分も隣に腰をおろした。

「誰もこないし、誰にも見つからない場所だ」

と、私は言った。

「そうね」

と夫人が小声で言った。私は無言で彼女の肩を抱き、夫人の耳たぶのうしろに唇をつけた。軽い小さなため息がきこえた。だが、彼女は私の胸から逃れようとはしなかった。

「君は不思議なひとだ」

と、私は言い、やわらかくくぼむ温かい唇を自分の唇で包みこんだ。夫人は黙って私のするままにさせていた。私が彼女のスカートの下に手をすべらせようとしたとき、夫人ははじめて身じろぎして首を振った。

「ここではいや」

「ぼくのホテルへ行こう」

私は夫人の肩を抱いて立ちあがった。彼女のスカートのうしろに木の葉か何かくっついているのが、かすかな街灯の明りで見えた。私は庭を出て、歩きながらそれを取ってすてた。

「ホテルへ本当に行くの？」

「いやかい？」

「いやじゃないけど」

「彼のことが気になるのか」

夫人は黙って私を見た。その目の中に、何か名状し難い苦しみとも哀しみともつかぬ光が揺れていた。私は夫人の肩を強く抱いて、ホテル・バルカンの方へ歩いて行った。

歩きながら夫人は私の顔を見ないで、独りごとのように言った。

「あなたはいつもこんなふうに人妻にでも平気で手を出したりするのかしら」

「平気じゃありませんよ」

「でも、少しも迷ったり、恥かしがったりしないわ」

「そう見えますか」

「ええ」

「帰国したら結婚するんです。見合いでね」

と、私は関係のない事を言った。

ホテルの前までくると、夫人は足を止めて、

「あなたの部屋へ行くの？」

「いやですか？」

「いやじゃないけど」

「じゃあいらっしゃい。帰りは送ります」

夫人はしばらく立ったまま、あたりの建物や寺院や通行人などを眺めていた。

「マオ、マオ」

と、囁《ささや》きあう声がきこえた。私たち二人の背後に労働者ふうの若い男たちが数人立って何か喋《しゃべ》っていた。彼らは私と夫人を中国人だと思っているらしかった。

「行きましょう」

私は夫人の肘《ひじ》を軽く押して、ホテルの正面入口からはいって行った。フロントの大男は、私をちらと見て、鍵を音を立ててカウンターの上においた。

「バーで何か飲みますか？」

と、私は大男の視線を意識しながら夫人にたずねた。夫人は黙って首をふった。

私は夫人の背中に手をそえて、階段のほうへフロアを横切って行った。ふと見ると夫人のスカートの腰のあたりに草の葉が一枚ついていた。振り返ると、フロントの

大男が、立ったままじっとこちらを見ていた。だが何も言わなかった。

「リラのほうがホテルとしては新しいわ」

夫人が言った。

「何となく事大主義的な感じのするホテルね」

「東欧諸国の中では例外的にソ連に密着している国ですからね。スターリン時代のなごりがソフィアの街のあちこちにあるようです」

と、私は言った。

「ここは遠きブルガリア　ドナウのかなた――」

と、夫人が小声で言った。「第二次大戦中ソ連の兵士たちがこの国へ沢山やってきたのね。この歌は、その兵士たちの望郷の歌なんでしょう？」

「いやにくわしいんだな」

私は部屋へ行くまでの時間を、夫人が自分のしている事を意識しないですむように、わざと快活な口調で喋りつづけた。

「そいつが流行ったのは、ぼくが大学に入学したばかりの頃ですよ。あの当時はうたごえ運動の全盛期でね。ほかにもいろんなロシア民謡が歌われたものだった。ほら、こんな歌、知ってますか？」

私はうろ憶えの〈シベリア大地の歌〉の一節を口ずさんだ。

「知ってるわ、それ」

夫人はうなずくと、今度は別な歌を少しハミングした。

「五月のモスクワ——だったかな」

「そう。じゃあ、これは？」

夫人は長い階段を上りながら、小さな声でゆっくりしたワルツの曲を歌った。

「さあ。知らない」

「さびしいアコーディオン、という歌よ。仕事の歌は知ってらっしゃるわね」

「ロシア人は利口だから水や火など使う——」

と、私は歌った。私の部屋のある階につくと、少し息切れがした。

「あの部屋です」

「先にいらして」

「一緒で平気ですよ」

廊下には誰もいなかった。やけに天井の高い建物の空間に、私たちの足音が反響した。

私は部屋の鍵をあけ、ドアを押して夫人を呼んだ。

「こんばんは」

夫人は首をすくめて部屋にはいってくると、

「電気をつけて」

「このままのほうがいい」

私は手をのばして夫人の腰をとらえた。引きよせて接吻すると、カチカチとかすかな音をたてて夫人の歯が鳴った。

「どうしたんです。女学生みたいに」

私は自分の部屋までやってきたことで、すっかり落着きを取りもどしていた。これから起こるだろうことが、もう九分通りわかっているような気がしていた。ゆっくり時間をかけて夫人の心を解きほぐして行く必要はないのだった。あとはこちらのしたいようにすればいいのだ。このひとも、それを望んでいるのだろう。

五年間のパリの生活の中で、私はいくぶん女性に対する考えかたが変ってきていた。人妻と関係を持つということを、悪いことのように考える感覚はなかった。

「ここへいらっしゃい」

私はベッドに腰をおろして夫人を呼んだ。

「ここで話そう」

「窓を開けていい？」

夫人が窓際に近づいて言った。

「いいですよ」

「外の夜景が綺麗だわ」

「こっちへこないか」

と、私は言った。少しいらいらした声の調子だな、と自分で思った。

「さっき私たちが偶然に会ったレストランが、ちょうどこの向こうに見えるわ」

「どこに？」

私はベッドから降りて、窓のそばへ行った。うしろから夫人の体を両手で抱いたまま、肩ごしに窓の外を眺めた。ツムの黒い大きな建物の最上階にあるレストランの灯が、船の丸窓のように一列に見えた。右手に高い尖塔がそびえ、そのてっぺんにつけられた赤い星が、どこか異様な赤さで鮮かに見えた。街に華やかなネオンの灯がないだけに、その赤い星の色は強烈だった。ソフィアの街のどこからでも見えるのかも知れなかった。

「窓を閉めよう。夜の空気は冷いから」

と、私は言った。両手の掌の中に夫人の胸のふくらみを握りしめると、夫人は長い大きな息を吐いた。掌の中で、重い乳房が昆虫の腹のようにゆっくりもりあがり、また低くなった。

「私と宗谷のこと、お話していい？」

夫人がふり返って言った。

「聞きたくない」

と、私は言い、夫人を両腕でかかえあげてベッドへ運んだ。

私が服を脱ぐ間、夫人はじっとしていた。私は彼女の着ているものを、一つずつ外して床に投げた。毛布の中に夫人の体を包みこみ、窓を閉めようと立ち上ると、夫人が何か言った。

「え？」

「窓をしめないで」

と、夫人は言った。

「風邪を引くぜ」

「そのままにしておいて」

私は窓を開け放したまま、ベッドにもどった。夫人の体はすべすべして熱かった。私が動くと、夫人はかすかに体を動かして、それにこたえた。静かな、大人同士の、落着いたやりかたで私たちは終え、毛布の中に並んで体をよこたえた。

「みてごらんなさい」

と、夫人が顔をそらせて言った。

「なんだい」

「窓の外に赤い星が見えるわ」

私は首をひねって、その赤い大きな星を眺めた。私はふとパリで過した五年の年月を思い、これから日本へ帰ってはじまる新しい生活のことを考えた。

「結婚して、うまく行くだろうか」

と、私は言った。「ぼくのような人間でも、ちゃんとやって行けるかしらん」

「してみなければ判らないわ」

「君たちはどうなんだい」

夫人は声を出さずに唇の端だけをまげて、ベッドをおり、下着をつけはじめた。

「帰るのかい」

「ええ」

「送って行こう」

私は夫人が服を着終ったのを見はからって毛布の中から出た。夫人が洗面所で水を流す音を聞きながら、私は素早く服を着た。

「彼が心配してるだろうな」

「そうね」

夫人は部屋を出る時に、ふと何か言いかけ、思い返したように首をふって微笑した。

「どうしたんだい」

「なんでもない」

外に出ると、夜気が冷かった。人気のない広い道路で、紺色の服を着た中年の女たちが、ペンキの罐をさげて、横断歩道の白い模様を描いていた。拳銃をさげた警官らしい男が一人、少し離れてそれを見ていた。

「ここは遠きブルガリア　ドナウのかなた――」

と、夫人が小声で歌った。

「よくうたったわ、この歌。わたしたちのテーマ・ソングだったのよ」

「わたしたち？」

「わたしと宗谷の」

「学生結婚だったんだろう、君たち」

と、私がきいた。

「ええ。大学の同級生だったわ」

「結婚してどれ位たつんだい」

「十五年――」

「長いな」

「いいえ。いま考えてみると、ひどく短かったような気がする」

リラ・ホテルの前で私たちは別れた。夫人は、ドアの所で一度ふり返り、軽く頭をさげて、ホテルの中へ消えた。私はポケットに両手をつっこんで、夜の街を歩いて帰った。なぜか、暗い、滅入った気分だった。人妻とうまいことをした、という感じではなかった。夜の空に、バルカン山系の黒いシルエットが生きもののように横たわっているのが見えた。ホテルに帰ると、部屋の窓が開けはなたれたままになっていた。私は窓をしめ、カーテンを引いてベッドにもぐり込んだ。

〈ここは遠きブルガリア　ドナウのかなた――〉

さっき宗谷夫人が口ずさんだ時の声が、ふと私の耳の奥によみがえってきた。

3

翌朝、目をさますと正午ちかかった。よほど疲れていたのだろう。十時間あまり熟睡したらしい。パリでのあわただしい五年間に、マリン・スノウのように積み重なった疲労が一度に出たのかも知れなかった。

服を着かえて、ホテルを出た。晴れた気持のいい天気で、どこかで鐘の音がしていた。ディミトロフの廟の前に、人形のような衛兵が不動の姿勢で立っていた。赤い花輪が、いくつもその左右に捧げてあった。

大きな通りをまっすぐ歩いて行くと、左手に広場が現れ、その広場の先に、円天井の屋根をいくつも積み重ねた壮麗な寺院が見えた。中央のいちばん高い円屋根は金色に輝き、その背後の塔から、のびやかな鐘の音が降ってくるのだった。

私は立ち止って、長い間じっとその鐘の音に耳をすませた。澄んだ清らかな音だった。その音は私のひからびた心の底に、一つずつガラスのおもりのように積み重なって、私の内部を満たすようだった。

私は道を曲り、公園にそって歩いて行った。すると突然、リラ・ホテルの明るい建物が目の前に現れた。

昨夜、夫人を送ってきて、あの階段の前で別れたことが、嘘のような気がした。私はホテルの玄関をはいって行き、明るいグリルの方へ歩いて行った。

庭の見える窓際の席に、日本人の男が一人いた。宗谷氏だった。彼は葡萄酒のびんを前において、赤い顔をして坐っていた。彼は私を見て、立ちあがって手を振った。

「こんにちは」

と、彼は言った。「一緒にやりませんか。なかなか旨い葡萄酒です」

「きのうはどうも」

と、私は言い、彼の前の席に坐った。彼はウェイターを呼び、グラスをもう一つ持ってくるように命じた。グラスがくると、彼は葡萄酒の追加をたのんだ。彼は私のグラスに淡い色の葡萄酒を注ぎ、かすかに微笑してグラスを目の高さにあげた。

「乾盃――」

と、彼は言った。かなり酔った声だった。

「何のための乾盃か判りますか」

と、彼は言った。

「さあね」

「彼女のために、乾盃」

と彼は言い、一息にグラスをあけた。

「彼女とは？」

「これまでぼくの女房だった宗谷季子のことですよ」

「これまで、とは？」

「彼女は今朝、八時の飛行機でパリへ発ちました」

私は黙って相手の顔を眺めた。彼は目を半ば閉じて、よく回らない口で喋り続けた。

「あいつは発ったんです、今朝。最初の約束通りね。ぼくらはここで二人の旅を終える約束でした。そのためにやって来たんだ」

「……」

「あれと結婚したのは十五年前の冬でした。ひどい年でね。二人で古いアパートの三畳に、新聞紙をかぶって寝てたんです。アルバイト学生同士が一緒になったんですから」

寒いのは本当に辛かったですよ、と、宗谷氏は言った。

「両方とも条件の悪い立場で、心中するつもりで結婚したんです。その年の夏、彼女は赤ん坊ができそうになって、苦しんでいました。病院で処置する金もなかったんですよ。ある日の午後、ぼくが徹夜のアルバイトから帰ってきてみると、彼女はアパートの階段の下に倒れていました。足をふみすべらせたのだ、と言いましたがね。でも、わざとやったんでしょう。流産した彼女は一週間目から、また働きに出ましたよ」

「ぼくはそのころ、ハワイアンの学生バンドを作って軽井沢や葉山で面白おかしくやっていました」

と、私は言った。「ちょうど同じ頃でしょう」

「でしょうね」

宗谷氏はウェイターが持ってきた葡萄酒をグラスに注いだ。酒があふれてテーブルに流れた。

「その頃、二人でよく歌いましてね。深夜のバイトの帰りや、ひもじくて眠れない時なんかに――」

「ここは遠きブルガリア　ドナウのかなた――」

「ええ。それです。それがぼくら二人のテーマ・ソングだった。ぼくらはよく話し合ったもんです。もしいつか二人が自分の家に住み、暖かい部屋で寝られるような時がきたら、ブルガリアへ旅をしよう、できなかった新婚旅行のかわりに、と」

「ぼくは今度、東京で結婚するんです。相手は地方の資産家の長女ですがね」

「それから十年ほどは、みじめな生活が続きました。ぼくは売れない劇作家としてバイトを続け、彼女は喫茶店や酒場で働いていました。ちょうど十年目に、ぼくは劇作家への道をあきらめ、当時、需要の多かった外国テレビ映画の翻訳へ転向しました。その後、仲間を集めて、小さな翻訳専門のエイジェントを作ったんです。これが当りましてね」

「女子大のほうもやってられるんでしょう」

「ええ。まあ、これは肩書きのための仕事ですが」

「家は建ちましたか」

「ええ」

と、彼はうなずいて、両手で大きな屋根の形を宙に描いてみせた。「堂々たる、ね」

「それで？」

「家も建ちましたが、好きな女もできたんです、ぼくの方に」

「十五年目の浮気ですか」

「それが本気なんです。二十そこそこの小娘ですがね。どうにもなりません」

「それで？」

「別れることにしました、女房と。そして、ぼくらは話し合って旅に出たんです。十五年前に果せなかった新婚旅行をやるためにね」

「かわってますね」

「ええ。ぼくらは旅行が終ったら、その時点で別れることに決めて出発したのです。ブルガリアへは、彼女がぜひと言ったものですから」

「離婚旅行か――」

と、私は言い、グラスをあげて、彼にうなずいた。「乾盃。あなたたちの旅の終りのために」

「乾盃」

と、彼も言った。「あなたの旅のはじまりのために」

窓の外には、とても柔かな金色の陽光が降りそそいでいた。バルカン山脈の牛の背のような稜線が、コバルト色の空をくっきりと区切っていた。そして香りの高い葡萄酒の酔いが、私の血管の中に、ゆっくりと拡がって行った。リラ・ホテルは、とても良いホテルだ、と私は考えた。いつかまた私も妻とこのホテルへ泊まることになるかも知れない、という気がした。

夜の斧

1

電話のベルが鳴った時、森矢慎吾は山を見ていた。

その家は高台にあった。庭先から急な傾斜の崖《がけ》があり、そこには雑草や灌木《かんぼく》類が密生していた。書斎の窓から眺めると、目の下に平野と白く光る浅野川が良く見えた。医王山《いおうぜん》は、その展望の正面にそびえている。いつもの裏日本独特の、あの鉛色の雲が背後にうずくまっている事が多い。

その日はめずらしく目を洗われるような快晴だった。初冬の冷く粒立った空気が、爽かな陽光を含んで冴え返っていた。医王山は、その見事な青空を背に、白い雪をかぶって迫っていた。昨夜、かなり冷え込んだと思ったら今朝はもう冬山だった。

医王山は決して高い山ではない。標高九三九メートル、ごく平凡な山容である。だが、秋が過ぎ、長い暗い冬の予感が人々の胸に訪れる頃、降雪とともに変貌する。曇天の下、蒼黒い山肌を葉脈のようにくっきりと雪でいろどる時、医王山は思いがけない威圧感を示すのだった。

「今年は雪が多くなりそうだ」

森矢慎吾は、開け放った書斎の窓から、白く光る山頂を眺めて、独り言のように呟《つぶや》いた。

電話が鳴ったのは、その時だった。

慎吾は、しばらく受話器を取らずに、その音を聞いていた。

〈どこからだろう?〉

と、彼は考えた。

日曜の午前中である。彼の勤務先である大学から電話があるはずはなかった。同僚の早田教授でもなさそうだ。彼は日曜はほとんど早朝から釣りに出掛けている。

〈麻子にだろうか?〉

長女の麻子は東京の短大を卒業して、夏からこの家へ帰って来ていた。慎吾の勤めている地方大学の医学部教授の次男と、明年には結婚する事になっている。相手は、少し頼りないほど素直な、長身の好青年だった。やはり医学部を出た外科医の卵で、国家試験も終え、今は医局で博士論文の準備をしていた。

麻子が高校時代に大学の演劇部と合同公演を行った際、知り合ったという。三年近く交際した上で双方の両親に結婚の話を持ち出したのだ。森矢自身も文句のつけようのない良縁だった。

妻の夏江は、まだ早すぎやしないか、と淋しそうだったが、今では呉服屋を回ったり、相手の青年を夕食に招いたり、結構楽しそうにやっている。麻子も一日に一度は電話で婚約者との長話で、家族を悩ませていた。

〈うるさい電話だ〉

なぜか慎吾は鳴り続ける電話に、出る気がしなかった。彼は雪の医王山を見ながら、じっとしていた。

電話は、しばらくして鳴りやんだ。最後にかすかに断続的なベルの音をたて、静かになった。森矢慎吾は、窓をしめて大きく背のびをし、椅子から立ち上った。茶の間で妻や子供たちと、お茶でも飲もうと思ったのだった。

彼が書斎を出て行きかけた時、また生きもののように電話が鳴った。慎吾は首をかしげ、今度は無造作に机の上の受話器を摑《つか》んだ。

「もしもし」

慎吾が言った。だが相手の声は返ってこなかった。

「もしもし――」

慎吾は何回かくり返して呼んだ。黙って耳をすましたが、何もきこえてこなかった。

〈おかしな電話だ〉

慎吾は腹立ちまぎれに、叩きつけるように受話器をおいた。黒い電話が金属質の音をたてた。それきりだった。森矢慎吾は、書斎のドアを閉め、廊下づたいに六畳の茶の間へ行った。

その部屋では、妻の夏江が麻子と並んで坐って、婦人雑誌を眺めながら喋《しゃべ》っていた。長男の彰は、テレビにイヤホーンをつけてグループ・サウンズのショウを見ていた。

「おい。電話のスイッチは茶の間へ切り替えておけと言っただろう」

慎吾が夏江に言った。

「だってあなたがお使いになるかと思って」

夏江は顔もあげずに答えた。しゃがみ込んでいる腰のあたりに、中年を過ぎた女の動物的なたくましさが盛り上っていた。

「それよりも、ね」

「何だい」

「年末の教職員パーティーだけど」

「今はまだ十月だぜ」

「雑誌はもう十二月よ、ほら」

と麻子が雑誌の背を見せて笑った。白い歯並びが清潔に光って、爽かだった。

「ずば抜けて美人というわけじゃないが、爽かな娘でね。親馬鹿かも知れんが」

森矢慎吾は、娘の事を話す度にそんなふうな表現をした。頭は悪くないし、明朗で家庭的な娘だと思っている。きっとこいつはいい嫁さんになるだろう、という気がしていた。

「教職員パーティーがどうかしたのかい?」

「私、着て行くものがないのよ」

妻の夏江が、ねえ、と娘に同意を求めるようにうなずいて言った。

「べつにファッション・ショウをやりに行くんじゃないさ」

「そりゃわかってますわ。でも、本当にないんですもの。麻子の結婚は決ったし、あなたも春には教授になれそうだし、今度は私たち、かなり注目されそうよ」

「いつかの黒と白の小紋の生地を使ったスーツがあるだろう。あれは品があって、いいと思うがね」

「あれは昨年の会で着たんじゃありませんか」

「いいじゃないか」

「森矢先生の奥さん、また同じ服よ、なんて言われるのは、私、いやだわ。ねえ麻子」

「そうね。うるさい人たちだから、きっと何か言うわね。男の人はいいけど」

「ほらごらんなさい」

麻子が立ち上って、茶を入れ、森矢の前においた。

「うんありがとう」

「変だわ、お父さん」

「何が？」

「最近、すぐに私に、ありがとう、って言うようになったのね。これまで何か頼む時だって、おい、の一点張りだったのに」

麻子は綺麗に澄んだ目をあげて慎吾をみつめ、微笑した。横から夏江が口をはさんだ。

「そりゃあ、あなたがお嫁に行く事が決ったからよ」

「そんなに早くから他人扱いしないで」

慎吾は苦笑して茶をすすった。縁側から透明な初冬の陽ざしが差しこんでいた。庭先の花壇には、おそ咲きのマリーゴールドが金色に光って咲いている。住宅地になっている高台はひっそりと静かで、平和そのものの日曜日だった。

森矢慎吾は健康な妻と、美しい娘と、そして高校の成績こそ多少もの足りないが、のびのびと素直に育った長男とに囲まれて、黙って坐っていた。

一応の学問的な業績も残し、来年、北原教授が停年で退官すれば、そのポストにつく見通しもあった。これで麻子がいい家庭を持ち、長男の彰が大学へ進めば、後は夏江と二人でひっそりと、この北陸の地方都市で暮らして行けばいい。それで充分だった。二十年前のあの生活を思えば、それこそ信じられないほどの日々ではないか。

どこか遠くで女声のコーラスがきこえてきた。

〈あの歌は何だろう?〉

と、慎吾は思った。それは彼が聞いた事のないメロディーだった。そのロシア民謡ふうのメロディーが、森矢に二十年前の冬を、ふと連想させたのである。

電話が鳴ったのは、その時だった。切り替えておいた電話が、茶棚の上で何か粘っこい鳴り方で鳴っていた。

「どこからだろう?」

夏江が立ち上りかけた。その時、慎吾は全く何の理由もなく妻を手で制して、自分で立ち上った。

「おれが出る」

慎吾は受話器の前で、一瞬たじろぐような感覚をおぼえた。それはなぜかわからなかった。

「どうなさったの？」

夏江が言った。

「え？」

何でもないというように首を振って、慎吾は右手で受話器を握った。なぜか、いやな予感がした。この十数年間、体のいちばん深い所で眠り続けていたものが、不意によみがえって来た。黒い濡れた奇妙なけものが、どこかでぱっちりと目を開けたような感じだった。

「もしもし――」

森矢慎吾は、かすれた声で受話器に向って囁《ささや》いた。

それが最初の電話だった。縁側のガラス戸を通して、葉脈のような医王山の山肌が、陰惨な感じで迫って見えた。

2

二度目の電話は、その晩十時過ぎにかかってきた。

慎吾はそのとき書斎にいた。彼が受話器を取りあげると、朝と同じ声がきこえた。

「森矢慎吾だね」

「そちらはどなたです？」

相手はそれには答えずに、低い、だが金属質のよく響く声で、今朝と同じ文句をくり返した。

「エラブカから何を持って帰って来た？」

「……」

慎吾は受話器を握ったまま、凍りついたように静止していた。彼はやはり今朝と同じように、その質問に対して沈黙したままだった。

「もう一度くり返す。エラブカから君が持ち帰ったものは何かね？」

慎吾は心臓の鼓動が驚くほどの速さで打っているのを感じ、息が苦しくなった。彼はこわばった右手を動かし、ボタンをおした。軽いベルの残響がきこえ、電話は切れた。

その時、ドアを開けて夏江がはいってきた。

「ごめんなさい。また電話を切り替えるのを忘れてしまいました」

「いや、このままでいいんだ」

「そう」

夏江はラクダ色の暖かそうなコーデュロイで作ったワンピースを着ていた。それがくせの、何か当惑したような微笑を見せながら机のそばにくると、

「ごめんなさいね、今朝はあんな事を言ったりして」

「何のことかね」

「パーティーに着て行く服の事よ」

「別に気にしてなんかいないさ」

「私、あなたのおっしゃったように、去年のスーツで行くわ。あれはあれなりに良い服だし、それに別に私はスターでも何でもないんですもの。あなたのうしろに目立たないようにくっついているのが一番よ」

「うむ」

夏江は慎吾の顔をのぞき込んで、少女のような恥じらいを浮べて言った。

「でも本当のことを言うと、実はあの服、スカートが苦しいの。何だか自分でも気づかないうちに随分ふとっちゃったらしいわ。ね、あなた。ほら」

「そうだな」

「あなたは痩せたソクラテスで、私は幸福な豚。でも、これからはもう、あなたも少しずつ太るかも知れないわね」

「ああ」

「どうしたの？」

と、夏江が心配そうに聞いた。

「何だか顔色が悪いわ」

「少し頭痛がするんだ。床をのべてくれ。今夜は早く寝よう」

「はい」

夏江はうなずいて出て行った。

〈いい奴だ――〉

と、慎吾は思った。引揚げて来てすぐに結婚してから二十年たっている。四十五歳という年齢にしては、気持の若い女だった。冗談と、お洒落《しゃれ》が好きで、これまでどんなに生活が苦しい時でも、暗い顔をめったに見せない芯《しん》の強さを持っていた。

〈今度の教職員パーティーのために洋服を一着作ってやるべきだろう〉

と慎吾は思った。だが、本当は彼が考えていたのは、そんな事ではなかった。彼の耳に、受話器を通して流れて来た、あの金属質の乾《かわ》いた声だった。

〈おれはエラブカから二十年前に何を持ち帰ったのだろうか？〉

その答はわかっていた。この二十年間に一度もその言葉を発した事はなかったが、それはいつも彼の記憶の深部に、きっかりときざみこまれていたのである。

「エラブカから持ち帰ったものは何か？」

その質問に対して、彼は一言、

「――タポール」

と答えるだけでよかった。いや、彼にはそう答える義務があったのだ。

タポールとは、ロシア語で〈斧〉を意味する。彼がシベリアの収容所から本当に持ち帰ったのは、凍傷で変形した足指でも、つつましい家庭の幸福に対する憧憬の感情でもなかった。

それは、北満の綏芬河《スイフェンホー》の流氷のように鈍く光る一箇の〈斧《タポール》〉だった。

「タポール――」

と、彼は口の中で呟いてみた。すると、森矢慎吾の内部に雪崩《なだれ》がおそってくる前兆のような、暗く重い響きが伝わって来た。

3

寝室に並べてしかれた夜具の上に腹ばいになって、森矢慎吾は綜合雑誌のページをめくっていた。

彼は自分の専門である経済学史に関連のない記事には、ほとんど関心がなかった。だが、その号にのっている若い研究者の「日本演劇におけるウェーバー的問題」という論文を広告で見て、麻子にその雑誌を買ってこさせたのである。

慎吾がそのページをめくっていると、夏江がはいって来た。

「灰皿をくれ」

「はい」

慎吾は煙草を灰皿にもみ消すと、雑誌を枕もとにおき、夜具の中にもぐり込んだ。横で夏江が体を滑りこませる気配があった。

「もうお休みになる？」

「うん」

夏江が手をのばしてスタンドの灯を消した。部屋の中が暗くなった。雨戸を閉めているので、二階にある寝室は海の底のような感じがした。

「あなた——」

「え？」

「頭痛のほうはどう？」

「少し楽になった。さっきの薬がきいたんだろう」

「そう」

慎吾は頭を振ってみた。頭痛はなかったが、頭の芯が重かった。

〈あの電話のせいだ〉

彼の頭の奥に、さっきの乾いた男の声がきこえてきた。

〈エラブカから何を——〉

エラブカか、と彼は闇の中でそのソ連領の地名を呟いてみた、すると、彼の耳には遠くできこえるロシア人たちの男声合唱と、収容所の窓に吹きすさぶ激しい寒風の唸《うな》りが、不意によみがえって来た。

昭和二十年九月、元関東軍中尉森矢慎吾は北満州の海林にいた。二十六歳の彼は、海林兵器廠跡の倉庫に、ソ連軍の捕虜として収容されていたのである。

海林の街には、冷く暗い雨が降り続いていた。武装解除された関東軍の兵士や、一般邦人たちが、その雨の中を放心したように移動して行く。時々、思い出したように遠くで地面をゆるがす爆発音がひびいた。旧日本軍の飛行場施設を爆破しているのだ、という噂だった。

ほとんどの者が激しい下痢に悩まされていた。栄養失調と、寒気と、疲労とが捕虜たちをおそっていた。夜には、発見されたら射殺される危険をおかして、鉄道の枕木を盗みに出かける。窓の破れた倉庫の中で、濡れた枕木にいぶされながら夜を過すのだった。

十月に入ると、捕虜の大部隊に移動命令が出た。慎吾たちの隊も、徒歩で牡丹江へ移動を開始した。冬の気配が立ちこめる玉蜀黍《とうもろこし》畠の間を、下痢に悩まされながらの行軍が続く。山中に逃げ込んだ日本兵たちを駆り出すらしい自動小銃の連射音が、断続的にきこえた。

牡丹江には、各地から続々と捕虜の列が集結して来た。ここで人員を調整し、内地へ送還するのだというニュースが捕虜たちの間に流れていた。誰もがそれを信じていた。やがて十一月のはじめ、出発命令が出た。厳しい寒さの冴え返る朝だった。鋼鉄のように凍《い》てついた道路を駅に向う捕虜たちのまつ毛に、息が白く凍った。慎吾たちはそこで家畜を運ぶためのような列車を見た。内部が二段の棚になっているその車輌は、大量の囚人を護送するために改造された輸送車だった。


「やっぱり無理だったわ」

と、隣で夏江が言った。慎吾は回想を中断されて、闇の中で目を開いた。

「なにが？」

「あのスカートよ」

「……………」

「ね、こうですもの、はいらないのも無理ないわ。ほら」

夏江の手がのびて来て、慎吾の手首を引きよせた。柔かく暖かいものの豊かなふくらみにそっと押しつける。

「ほら、ね。恥かしいくらいよ」

慎吾はさりげなく手を引いて言った。

「新しいのを一着つくるさ」

「でも——」

「ボーナスが出るさ。何とかなるだろう」

「ガス風呂の支払いがまだ済んでないのよ。それに、麻子の——」

「作る気があれば作ればいい。金の事は何とかする。例の本の増刷も決ったし、印税の前借りという手もあるさ」

「ええ」

「明日は午前中の講義があるんだ。寝よう」

慎吾は掌に残った柔かいものの感触を反芻《はんすう》してみた。数年前なら、まだその中に溺れることで重苦しい記憶から逃げることもあっただろう。だが今は、そんな気持にさえもなれない。慎吾は再び汗ばんだ体で寝返りを打ちながら、切れた回想のフィルムを回しはじめた。雨戸をゆする風の音がうるさかった。

列車は雪の目立ちはじめた荒涼たる大陸を黙々と北上していた。太陽だけは空に白く燃えている。慎吾たちは列車の進行方向に全身の感覚を集中する。捕虜たちはまだ故国送還の希望にすがり続けていた。ヴォロシーロフ駅から分れて、南下すればヴラジヴォストークだ。日本海をへだててその先に内地がある。だが、列車は彼らの期待と反対の方向へ北上しはじめた。日本海は次第に遠ざかって行った。やがて列車は、長い鉄橋を渡った。黒竜江らしい。その辺から太陽の向きが変った。列車はぐんと速度をあげて森林地帯を疾走しはじめた。慎吾たちは、その時はっきりと自分たちがシベリアの奥深く輸送されつつあることを確認したのだった。

十一月中旬、列車は長い旅を終えて、巨大な湖のそばに停車した。海かと見えるその湖の名前を聞くと、護送のモンゴル兵が「バイカル」と答えた。水平線に冬雲がたれこめ、寒風が水面を渡って吹き荒れている。その重苦しい大自然の威圧感に、痩せおとろえた捕虜たちは声もなく見とれていた。

イルクーツクを出た列車は、更に西方へ向った。次第に列車の速度が落ち、あえぎながらのぼって行くのがわかる。捕虜たちは今、ようやくウラル山脈を越えようとしているのだった。

十一月末、貨車の中の捕虜たちは二十日近い輸送に、ほとんど異様な形相に変ってしまっていた。途中で死亡した者、無謀にも飛び降りて脱走を図り、射殺された者の数も少なくなかった。

列車は森林と荒野を更にどこまでも走り続けた。

十二月のはじめ、列車はようやく長い大陸横断の輸送を終えた。慎吾は、その時、バイカル湖とウラル山脈を越えて、ソ連領深く運ばれて来た自分を発見したのだった。

慎吾は闇の中で、電話の音を聞いたような気がした。それは断続的に階下から聞えてきた。

「誰かしら、こんな時間に」

夏江が呟きながら起き上ろうとした。

「おれが出よう」

「あら、まだ起きてらしたんですの」

「風の音が気になってね」

「いいわ。私、まいります」

「いや、いい」

「そう?」

慎吾は素早く起きあがって寝室を出た。階段を降りて茶の間へ行った。灯りをつける。

電話は朝と同じように、茶棚の上で鳴り続けていた。しばらく止って、再び鳴り出した。

「もしもし」

慎吾がいった。わずかな間があって、男の声が流れて来た。

「森矢慎吾かね」

「君はだれだ」

「森矢慎吾だね」

「そうだ。だが、そっちは――」

「エラブカから何を持って帰って来た？」

乾いた平坦《へいたん》な声の調子だった。

慎吾は黙っていた。そのまま受話器を耳にあてて待った。

「きこえないのか」

「………」

「答えたまえ、エラブカから何を持って帰って来た？」

慎吾は、いきなり受話器をおいた。さっき汗ばんだ肌が、こんどは鳥肌だっているのがわかる。彼は唇を嚙んでそこに立っていた。

「どうなさったの？」

夏江が廊下から声をかけた。いつの間にか階段を降りてやって来ていたらしい。

「どなたからのお電話？」

「いや」

と、慎吾はわれに返って茶の間のテーブルの前に坐った。

「かけ間違いだろう」

「でも――」

夏江が寝巻き姿のままはいって来た。愼吾と向き合って坐ると、彼の顔をのぞきこむようにして言った。

「今朝も変な電話があったわ」

「……」

「同じかたでしょう」

「お茶を一杯入れてくれないか」

「おやすみにならないの?」

「何だか妙に目が冴えてね」

「疲れてらっしゃるのね、きっと」

夏江は戸棚を開けて茶碗を出しながら、

「誰からの電話か心当りはないの?」

「うん」

「何と言ってかかって来たんですか」

「いや――」

愼吾は夏江の考えている事がわかって、苦笑した。

「変なふうに取ってもらっちゃ困る。そんな電話じゃないよ」

「そんな、ってどんな電話？」

夏江が本気で追及しているわけでない事が、慎吾にはわかっている。そういうふうに夫を追いつめ、いじめてみるのが楽しいのだろう。夏江の表情には、かすかなからかいの気があった。夫婦の間のそのような遊びさえ必要なほど、自分たちは平和な家庭を営んでいるのだ、と慎吾は思った。

その夜、慎吾は妻の夏江と何週間ぶりかで体の交渉を持った。

明け方、泥のような疲労感の中で、彼は再び二十年前の記憶に沈み込んで行く自分を感じた。それは、この数年間、ほとんど意識の底にひそんで眠っていた記憶だった。その記憶を閉じこめた袋の口を結んだ太いロープが、白く光る不吉な斧によって断ち切られる光景を、彼は夢うつつの間に見たような気がした。自分がエラブカから持ち帰ったものは、何だろう？　と彼は考え、その答を大声で叫びかけてようやくそれを止めた。

――敗戦の翌年、森矢慎吾はラーダという街で春を迎えた。

彼はその街に収容され、ケーブル埋設《まいせつ》工事に従事していた。この街での記憶は、半《なか》ば苦く、半ば甘酸っぱい感傷ににじんでいる。慎吾たち作業に従事する捕虜は、次第にその街のロシア市民と接触を持つようになり、慎吾も看護婦として働いている一人のロシア女と個人的な友情を交換した記憶もあった。

捕虜たちは、次第にあたえられた状況の中で、あきらめ、適応する姿勢を身につけ始めていた。ロシア語を少しずつ憶《おぼ》えて行くに従って、ソ連側との交流も生じて来たのだった。

初夏、慎吾たち日本人捕虜労働隊は、再び列車に乗せられて、新しい労働地へ向った。

そこは、ウラル山脈のかなた、カマ河にそった人口二万の地方都市である。一九三五、六年の大粛清で、ブハーリンらが銃殺されたといわれるその街は、独ソ戦当時は俘《ふ》虜《りょ》の収容地として知られていたという。

東経五十度、北緯五十六度に位置するその街がエラブカだった。

慎吾はあの特別な送還が始まるまで、このエラブカの街で労働生活を送ったのである。

エラブカで課せられたのは、労働だけではなかった。そこでは、旧日本軍人に民主的な方向へ導く思想教育が強調された。捕虜たちに対しては弘報中隊が、その文化工作を担当したのである。この弘報中隊の手足となって働く情報係は、一般の捕虜たちの中から募集された。この職務につく事で、困難な伐木作業から免《まぬか》れようと、多くの者が応募した。慎吾もその一人だった。

情報係の選考は、弘報中隊長である日本人の手で行われた。知性に富み、政治に正しい理解をもち、プロレタリアートに生命を捧げる情熱を持つ民主的な人物として数名が選ばれた。国立の商大を卒業しており、マルクス主義経済学にも一応の素養のある慎吾が、正式の情報係として任命されたのは当然だったろう。

情報係の任務は、マルクス、レーニン主義の普及と、人民民主主義思想の徹底、ニュースの伝達が目標とされていた。弘報中隊ではレーニン研究会が持たれ、壁新聞その他のジャーナリズムも活潑に活動しはじめた。慎吾は、経済学を中心とする文化サークルの指導を担当した。彼は、エラブカの街のドイツ捕虜収容所に残されていた蔵書を選んで、政治・経済・自然科学等の本のダイジェストや日本語訳を深夜まで続けた。ソ連側の政治部員が行う「ソ連共産党史」の研究会では、アシスタントとして熱心に働いた。

帰国のニュースは、この間中しばしば収容所に流れ捕虜たちの心理を動揺させた。中でも、全員を、その階級的民主意識への向上度に準じてA・B・C・Dの四クラスに分類し、その順位に応じて優先帰国をさせるという情報は、捕虜たちを熱狂させた。

慎吾はやがて弘報中隊の重要な地位についた。各人のクラス識別に際して、彼の発揮した綿密、公正な評価が高く買われたためだった。だが、それは同時に彼自身が低位に査定したグループの強い反感を買うもととなったのである。

ある日、彼が工事中の現場を通りかかった時、巨大な材木が不意に落下して来た事があった。それは彼の評価でDと判定されたある捕虜の手がけていた部分だった。その隊長は慎吾の要請にもかかわらず、証拠不充分のまま、その男を懲罰に付した。その男は間もなく腸チフスにかかり死亡した。その事が、慎吾を一そう困難な立場に追いこむこととなった。慎吾は深夜に、窓の外で起こる物音におびえ、捕虜たちの無言の軽蔑の視線に耐えながら孤立して行った。彼にとって不審だったのは、絶対に秘密にされていたクラス決定の内容が、いつの間にか捕虜全員の間に、伝わっている事だった。それは悪意によって、かなり誇張されており、あたかも彼が大半のC・Dクラスを一人で決定したかのように言われていたのである。

4

森矢慎吾は講義を終えて、研究室の方へ歩いていた。数人の学生たちが、彼のそばに一緒に従っていた。慎吾は、学生たちの間で、自分がかなり人気がある事を知っていた。それは彼の温厚な人柄と、一種独特の風貌によるものかも知れなかった。

長身とまではいかないが、かなり背は高い方で、瘦せており、首が長かった。目尻に深い三本のしわがある。相手の話を聞く時、そのしわは深くなり、優しげな表情を作った。

「先生――」

と学生の一人が言った。

「今度の日曜日にでも、ハイキングをやりませんか」

「ただのハイキングかね」

「女子大との合ハイですよ」

「どこへ行くんだ」

「医王山あたりがいい所じゃないですかね」

「医王山はもう登れないんじゃないのかな」

「まだ大丈夫ですよ」

「行ってもいいな」

慎吾は学生たちを見て呟いた。どこか現実の社会から離れた所に身をおきたい、という欲望が彼の内に目覚めていた。

「山登りは面倒だよ。内灘の砂丘なんてのはどうだい」

一人の学生が言った。

「馬鹿言え。寒いだけじゃないか、あんなところ」

「弾薬庫の跡でＧＯＧＯ大会というのはどうだ」

「女の子が来るかな」

「さあ」

「ハイキングなんてやめて、いっそホテルでパーティーをやった方が楽だぜ」

「ダンス・パーティーなどといわずに、女子大の連中と合同読書会でもやったらどうだ」

慎吾がからかった。学生たちは愉快そうに笑った。

その時、一人の女子学生が慎吾を見て手をあげて走って来た。

「先生」

「何だい」

「これ、さっきの教室に落ちてましたけど」

女子学生は白い封筒をひらひらさせながら慎吾にさし出した。

「先生、女子学生のラヴレターじゃないんですか？」

「さあ」

彼は封筒の表書きを見た。

〈森矢慎吾様〉とペン書きのきちんとした字があった。彼は裏を返してみた。そこには何も書いてなかった。慎吾は学生たちと並んで歩きながら、無造作にその封を切った。

「のぞいちゃ駄目」

と、女子学生が男の子をたしなめた。

「森矢助教授のプライバシイよ」

慎吾は中から四つにたたんだ紙を引き出し拡げてみた。横から男子学生が、ちらと視線を投げて、首をすくめた。

「何だい、これは――」

慎吾はつとめて平静な口調でそう呟き、紙片を手の中にまるめてポケットに入れた。

「怪しいぞ」

と、学生の一人が笑った。

「今の文章を見た瞬間の森矢先生の表情が怪しいと思うな。一瞬ぎょっとした感じだったね」

「バーの請求書さ」

慎吾は学生たちにちらとウインクして見せて研究室のドアを開けた。

部屋の中には、誰もいなかった。慎吾は、窓際に寄って、さっき丸めてポケットに入れた紙片を取り出して拡げた。そこにはペン書きの文字で、一行、こう書かれてあった。

〈エラブカから持ち帰ったものは何か？〉

慎吾は、しばらく足もとに目を落とし、じっと放心したように立っていた。それから、ポケットからライターを出し、点火するとその手紙の端に火をつけた。エラブカの文字が完全に灰になってしまうのを見とどけて、彼は右手のこぶしで何度も後頭部を叩いた。頭の骨に重い斧を叩き込まれたような感じがしていた。

その時、机の下で物音がした。慎吾は反射的にぴくりと上体を曲げて振り返った。黒い一匹のネズミが素早く書棚の間に隠れるところだった。

慎吾は椅子を引き寄せ、煙草に火をつけた。口の中がざらざらして気持が悪かった。案の定、煙草はまずかった。一口すって慎吾は煙草を床に捨てた。後頭部に鈍い痛みがあった。昨夜、ほとんど寝てないせいだろう、と彼は思った。

5

その日、慎吾は大学の帰りに映画館へ寄った。その館では、どぎつい題名のイタリア製西部劇が上映されていた。

慎吾は客がまばらな映画館で、夜まで坐っていた。二本を見終って外に出ると、夜の街に冷い風が吹いていた。

慎吾は公衆電話のボックスに入り、自宅の電話番号を回しかけ、途中でやめた。それから映画館の裏通りにあるスタンド・バーのドアを開けた。

「いらっしゃいませ」

髪を高くゆい、和服を着た厚化粧の女がカウンターの中から甲高《かんだか》い声をあげた。慎吾はその女の顔を見ただけで酒を飲む気分が崩れた。彼は水割りを頼み、半分ほど口をつけてその店を出た。

慎吾はすでに商店が表を閉めはじめている夜の街を歩きながら、どこへ行こう、と考えていた。家ではきっと夏江や麻子が心配して待っているに違いない、と思う。だが、なぜか帰る気がしなかった。

彼はふと立ち止って、内ポケットをさぐった。固い封筒の手触りがあった。今日の午後、大学宛に届いた東京の出版社の印税だった。余り大きくないその出版社では、印税は必ず現金書留で事務局あてに送って来ていた。それは慎吾がそう頼んでおいたのである。おそらく五万以上はあるはずだった。その手触りを確めて、慎吾は急に自分を自由に感じた。

彼はタクシーに手をあげると、北陸温泉郷といわれるいくつかの土地の名を、適当に言った。

「はい」

タクシーの運転手は頭を角刈りにした、好人物そうな金歯の中年男だった。

「今から宴会にでも駆けつけるんですか」

「いや」

「じゃあ、お仕事で？」

「遊びだ」

「ほう」

運転手は車の込み合う市内を素早くかきわけて橋を渡り、国道へ出た。

「いいご身分ですなあ、お客さん」

「そう見えるかね」

「見えますとも」

運転手は、ひどく好奇心の強い、お喋り好きの男だった。慎吾が相づちを打ってやると両手をハンドルから放さんばかりにして喋り続けた。

「お泊まりはもうお決りで？」

「いや、まだだ」

「何なら私がご紹介しましょうか。あの辺はいきなり行っても面白い目にはなかなかぶつからんとこで」

面白いとは女の事か、と慎吾は聞いた。

「そう。まあ芸者ですがね」

「芸者と遊ぶのには、いくら位必要かね」

「金ですか？」

「ああ」

運転手は、その金額を言った。それは慎吾が予定していた金額よりも、かなり高い額だった。

「今からじゃ一寸おそいからね。少し色をつけんと」

「いいだろう」

と慎吾は言った。彼はこの地方都市の大学へ五年前にやって来てから、今まで一度も金を出して女を買った事はなかった。だが今夜は、何か異常な事をすることで、重苦しい気分から逃れたいと思っていた。彼はポケットの中の金を全部使い果してしまうつもりだった。

「お客さんのお仕事は何ですか」

と、運転手が聞いた。

「何に見えるかね」

「公務員でしょう」

「ほう。その通りだ」

「こんな商売してると大体わかるんで」

運転手は何か慎吾にたずねたそうな表情をした。彼はわざと窓の外へ目をそらした。

「お客さんは、北陸の人じゃないね」

と、運転手がきいた。

「わかるかね、やはり」

「わかりますとも」

「どこから来たんです？」

「じつは、住んでた土地から蒸発してきたんだ」

と慎吾は冗談を言った。冗談には違いなかったが、実際そんな感じがしていたのである。

「へえ」

「今ごろ女房や娘たちが大騒ぎしてるだろうな」

「本当ですか」

「本当だとも。金を握ったら、ふっと蒸発したくなってしまったんだ。列車に乗って、適当な駅で降りたら、この街だった」

慎吾は嘘をついた。だが、それが本当のように思えた。

「家の人が可哀相だね」

と、運転手が呟いた。「もっとも、俺だって車を運転していて、ふっとこのまま関西へでも行っちゃおうかと思う時があるからね」

「A町までは、どの位かかる？」

「もう半分は来たでしょう」

「寒くなったな。そろそろ十一月か」

運転手がふっと首を振って、

「寒いったって、お客さん、北陸の寒さなんてのは高が知れてますよ。シベリアの冬なんてもんはそりゃ大変なもんですぜ」

「シベリアだって？」

「ええ。それも沿海州あたりじゃない、チタとか、オムスクなんて辺りへ行くと、零下何十度だ。この辺の寒さなんてものは、楽なもんだと思うよ。わしは二年もあの辺に抑留されてたからね」

「エラブカから何を持って帰って来た？」

と、慎吾がきいた。彼は息をひそめて運転手の答を待った。だが、相手は相変らずゆったりした口調で、

「エラブカ？　そんな所あったっけな。何ですか、お客さんも、ダモイ組ですか？」

「いや。女房の妹が、エラブカとかいう所から引揚げて来たんだ」

「そうですか」

運転手は黙り込んだ。慎吾は窓の外を流れる夜の景色を、じっと目をすえて眺めていた。

「若い妓《こ》がいいでしょう、お客さん」

と、運転手が突然、言った。

「もう片手奮発すりゃ、あの妓を頼めるんだがね」

「あの妓とは？」

「いや、去年から出てる妓でね、評判のいいのがいるんですよ。ただ売れっ子だから」

「あんたにまかせるよ」

「そうですか」

運転手は勢いよくアクセルを踏み込んで、前のダンプカーを追い越した。

6

A町は北陸温泉郷でも、ひなびた町だった。近代的なホテルが建ち並んだ場所にはない、しっとりとした情緒《じょうしょ》が古い家並みにも感じられる。森矢慎吾は、運転手に案内されて、一軒の旅館に上った。表から見ると目立たないが、曲りくねった廊下や、内庭がどっしりと沈んでいた。

運転手は玄関の所で、仲居頭と頭を突き合わせて話し合っていた。慎吾のはずんだチップに、それ相応の誠意をつくそうとしているらしかった。

座敷に通ると、仲居がお茶と浴衣を持って来た。

「お客さん、A町ははじめてですか」

「ああ。よろしく頼む」

慎吾は千円札を仲居に握らせて服を脱いだ。

「さっき運転手さんから頼まれたんですけど」

「うむ」

「眉子さん、お約束がありまして駄目なんですけど」

「何とか頼むよ」

慎吾は上衣の内ポケットから五千円札を一枚引き抜いて仲居の手の中へ押し込ん

だ。べつにその妓でなければならない必要は、全くなかったのだ。だが、その時の慎吾の心理状態は、金を早く使い切ってしまいたいという奇妙な欲望にあおられていた。

「まあ」

仲居は五千円札を拡げて、驚いたように慎吾をみつめた。「何とかしてみますから」

仲居が出て行くと、慎吾は座敷の真ん中に大の字になってひっくり返った。この数年間、彼は独りで旅行をした事がなかった。いつも妻か娘と一緒で、それは旅行というより、家庭の延長のようなものだった。

電話のベルが鳴った。

慎吾は思わず体を起こし、受話器を眺めた。しばらく鳴って、電話は鳴りやんだ。足音がきこえた。仲居がはいって来ると慎吾を見て、首をかしげた。

「お電話にお出にならないんで、お風呂かと思いましたわ」

「いや、ついうとうとしてたもんだから」

仲居は慎吾の肩を叩いて上目づかいに彼の顔をのぞきこむと、

「眉子さん、少しおそくなるけど来てもらうように話をつけました」

「そうか」

「旦那さんは運がいいわ」

「なぜ？」

「今夜のお約束のお客が嫌いなんです、眉子さん。名古屋の会社の社長さんなんだけど、変態ですって。来るたびに眉子さん、泣かされて帰るのよ」

「どう変なんだ」

「それはね」

仲居は声をひそめて慎吾の耳もとで早口で何か言った。

「凄いでしょう」

「ふうん」

「いやだわ、旦那さん、ちっとも驚かないんだから」

「ビールを頼むよ」

と、慎吾は言った。

「その前にまず一風呂浴《あ》びてこよう」

「はい、御案内いたします」

仲居は急に真面目な顔になって先に立った。風呂は誰もいなく、広々としていた。

慎吾は目をつぶって手足をのばした。浴室の中というものは、奇妙に安心感があった。昨日からの頭の奥のしこりが、湯気の中に柔かに溶けて行くのを慎吾は感じた。

彼は二十数年前にも、こんな気分を味わった事があるのを思い出した。

――弘報中隊の仕事を孤立したまま続けて行くことが、慎吾には耐えられなくなっていた。彼はむしろ街を離れて、地方の山林伐採作業に参加したいと考えた。エラブカから少し離れた場所に、伐採隊の現場があった。そこでは、ドイツ兵捕虜が伐採作業をやり、日本人捕虜は運搬作業に当てられていた。伐採隊員は、三十歳以下の健康な捕虜が選ばれて組織されていた。作業は激しく、事故や負傷もよく発生した。一立方メートルから一・五立方メートルの原木を、橇《そり》に乗せて運搬する作業は、言葉につくせぬ過激な労働だった。隊員は次々に倒れ、ほとんど全員に脚部の浮腫《ふしゅ》が現れた。

そんな作業であっても、孤立して生きているよりはましだと慎吾には考えられた。彼はある日、弘報中隊の責任者に会い、現在の任務から離れて、伐採作業に従事したい旨を説明した。中隊長は驚いた様子だったが一応聞いておく、と言った。

数日後に、ソ連側の日本人部長であるリュボーヴァ女史から呼び出しがあった。

慎吾は女史の宿舎へ出頭した。

リュボーヴァ女史は、淡いブルーの目と、血色のいい白い皮膚と、見事な乳房を持った大柄な女だった。彼女はモスクワの大学を出ているとの噂で、公正な人柄が誰にも好感を持たれていた。だが、一面、理想家肌で、自分の納得の行かぬ事は、断じて認めない公式的な傾向を持っていた。

その日、リュボーヴァ女史は、慎吾の日頃の活動ぶりを賞讃し、なぜ弘報の任務を離れて困難な肉体労働を希望するのか、とたずねた。

「あなたを恨んでいる日本人捕虜がいたとしても、それは彼らが民主的な向上に熱意が欠けているだけの事です。あなたは、努力して正しい思想を身につけようとしている人たちをAと評価した。その反対の怠け者をDと評価した。それは正しい事です。それを恨むのは、彼らの方が間違っています」

「それはわかっているんです」

と、慎吾は言った。

「では、なぜ？」

「自分でもよくわかりません」

リュボーヴァ女史は椅子を立って、慎吾のそばへ来た。そして彼の肩を抱くようにして長椅子の所へ連れて行き、彼を坐らせた。

「あなたは大変すぐれたインテリゲンチャだと思います。私より本を読んでるし、頭もいい。それに人間も誠実です。私はずっとあなたを見て来ました。そして、あなたが深夜、一人でマルクス、エンゲルスの本を訳し、またこつこつとロシア語を学習している事を知っています。私はあなたがたの監督者だけど、学問的にはあなたを尊敬しているんです。だから、あなたを伐採作業へなんか送るわけには行きません。あなたは弘報活動に必要であるだけでなく、私にとっても大事な人なのです」

慎吾は驚いてリュボーヴァ女史の煙ったような目をみつめた。彼女の堂々たる体が、慎吾を押しつけていた。

「あなたが、どうしても弘報中隊にいるのがいやなら、私が別な任務を考えてあげましょう。もっと有効にあなたの才能を生かせるもっと重要な仕事を」

「ええ」

「モリヤさん」

リュボーヴァ女史はそのたくましい腕を慎吾の肩にまわして、彼を引き寄せた。

「あなたは体を洗う必要があるわ」

リュボーヴァ女史は台所の方へ消え、しばらくすると大きなタオルを持ってもどって来た。

「服を脱いで」

と、リュボーヴァ女史は威厳に満ちた声で言った。慎吾は言われる通りに汚れた服を脱いだ。

「全部ぬぐのよ」

慎吾が裸になると、女史は彼の体を大きなタオルで包み、軽々と両腕で慎吾を横抱きにしてかかえあげた。リュボーヴァ女史は、彼を浴室へ運び、頭から湯をあびせると、大きなタワシで慎吾の体を荒っぽくこすりはじめたのだった。慎吾は湯気の中で上下にゆさゆさと揺れる小山のような女史の乳房の下で、子供のようにされるままになっていた。その時のことを、思い出したのだった。

7

風呂から上ると、仲居がビールを用意して待っていた。

「眉子さんは一時ごろ抜けて来ますから、どうぞごゆっくり」

仲居の酌でしばらく飲み、次の間に取ってもらった床の中にもぐり込むと、窓の外で激しい物音がひびいた。北陸に独特の霙《みぞれ》らしかった。銃声のような鋭い霙の音は、しばらく続いて不意にやんだ。

その時、電話が鳴った。

「はい」

枕もとの受話器を摑むと、慎吾は答えた。おそらく眉子とかいう芸者が来たのだろう、と思ったのである。

「森矢慎吾かね」

男の声だった。慎吾は思わず耳から受話器をはなした。金属質の声が、目の前の受話器から、かすかにひびいて来た。

「エラブカから持って帰って来たのは何か？　質問に答えたまえ。エラブカから持ち帰ったものは――」

森矢慎吾は受話器を置いた。金属質の声がとぎれた。その時、背後で物音がした。慎吾は反射的に振り返って身構えた。

一人の娘が、そこにいた。

「こんばんは」

細おもての、やや目のつりあがった、どこか人形めいた美しい妓だった。

「どうなさったの？　そんなに怖い顔したりして」

「……………」

「眉子です。よろしく」

「やあ」

「どうしたのよ、本当に」

「何でもない。ちょっと驚いただけだ」

眉子という芸者は、灯を消して枕もとのスタンドだけにすると、さっさと帯をときだした。

「さっき霙が降ったわね」

「ああ」

「またいやな冬がくる――」

女は乱れ箱の中から浴衣を取って、手品のような巧みさで素早く着かえた。慎吾が夜具の襟《えり》を持ちあげると、彼女は鞘《さや》におさまる刀のようにするりと細身の体を滑り込ませた。

「あたしの足、冷いでしょう」

「冷い」

「霙の中を走って来たからよ」

「車で来たんじゃないのか」

「すぐ近くなんだもの」

「名古屋の会社の社長だって？」

「あら、いやだ。ここのおねえさんが喋ったの？　ひどいわ」

「抜け出して来たのかね？」

「ええ。もう豚みたいないびきかいて眠ってしまったから。どうせ自分じゃ何も出来ないのよ。女の体に変ないたずらをして楽しむだけ」

「いたずらされて来たのか」

「……」

女はきゅっと体をしぼるようにすると、滑らかな脚をからませて来た。

「どんな事をされたんだ？」

慎吾はひどく嗜虐《しぎやく》的な気持になっていた。

「いや」

「いやじゃないさ」

その妓の体は片腕で抱いても折れそうな位に細かった。そのくせどんなふうにでもなりそうな奇妙な柔かさがあった。無理な形にしないながら、その女は慎吾の耳に奇妙な符牒《ふちよう》めいた言葉を喘《あえ》ぎながら告げた。

その瞬間、慎吾の頭の中にとぎれていた記憶が再び流れ出した。


——リュボーヴァ女史の宿舎を訪ねて一週間ほどたった夜、慎吾は再び女史に呼ばれた。その夜は、リュボーヴァ女史一人ではなかった。背広姿の目の鋭い中年男と、軍服の将校が一人いた。

「こちらはＭＶＤ（ソ連内務省）のラタリベフ中佐」

と、軍服の将校が鮮かな日本語で言った。

「その椅子に坐りたまえ」

慎吾の前に大きな机がおかれた。その机のうしろにラタリベフ中佐と言われた背広姿の男が坐った。左右に軍服の将校と、リュボーヴァ女史が坐った。

ラタリベフ中佐が将校の通訳で慎吾に喋りかけた。

「リュボーヴァ女史は、君がもっと重要な任務につく能力と意志があると言う。今からそれを調査しよう。そして君がそれに価すると確認できれば、君は今週中に帰国の資格を得るだろう」

慎吾は驚いて中佐の顔を眺めた。中佐は続けた。

「今から質問する事について、君の正直な意見がききたい。もしも我々と君の見解が違っても、一向に差支《さしつか》えないのだ。要するにわれわれは、君という人間の現在あるがままの思想と信念を確認したいのだから」

彼は慎吾に二冊の本を示して、意見を述べるようにと言った。一冊は西田幾多郎の『日本文化の問題』であり、もう一冊はエンゲルスの『家族・私有財産及び国家の起源』だった。

ＭＶＤのラタリベフ中佐との対話は、その日から三日間にわたって続けられた。彼は慎吾に、天皇制の問題、農業と土地改革問題、資本主義と共産主義の問題、宗教問題等について質問した。

最後の日、ラタリベフ中佐は、それまでの慎吾の答をメモしたノートを閉じ、立ち上って慎吾の肩を抱いた。

「君は今日からわれわれの同志だ」

「おめでとう」

といってリュボーヴァ女史が頰を紅潮させて握手を求めた。軍服の将校もそれにならった。

「君は今週の末にナホトカへ向けて出発する。そこでは日本への送還が行われている。君は優先的に乗船することができるだろう」

慎吾に向ってラタリベフ中佐は一枚のタイプをした用紙を差し出した。

「君は今日から正式にわれわれの協力者になるのだ。われわれの目的は、日本の真の民主化と社会主義社会の確立にある。君もそれについては全く同意見だった。今後は、日本にあってわれわれの仕事を助けて欲しい」

慎吾は黙ってラタリベフ中佐をみつめた。

「つまりスパイになれと言う事ですか」

と、彼はきいた。ラタリベフ中佐は首を振って、

「スパイではない。日本民主化のための秘密の協力者になる事を求めているのだ。アメリカの占領の下に、これから本当の民主主義者は困難な立場に立つことになる

だろう。だから非公然の形をとらせるのだ。勿論、公然と人民の立場で活動出来る時が来れば、その時は堂々と表面に出てもいい」

「わかりました」

と、慎吾は言った。日本の民主化については彼はその当時、ほぼソ連側と同意見だった。さらに、何よりも彼を動かしたのは、帰国が現実に可能だという事だった。内地へ帰れば凡《すべ》てはそれから始まる、という感じがしていた。彼は三人の前で正式に協力者としての誓約書に署名した。

「帰国してからの行動は指令があるまで自由だ。出来るだけ社会的に信用ある立場を築き、他から尊敬される地位につくこと。指令は当分の間ないだろう。だが、連絡が行った時は確実に指令に従って行動すること。もし、指令を無視したり、従わなかったりした場合はMVDの組織への裏切りと見なす。その時はそれにふさわしい処罰があたえられる。君だけにではない。君を含め家族全員にだ」

中佐は部屋の壁にかけてあった大きな斧を外すと、右手でその刃をそっと慎吾の頬に当てた。

「指令は最初の連絡が成立してから行われる。連絡の合言葉は、そうだな、何としようか」

ラタリベフ中佐は手に持った斧を見て、ふと微笑して、

「こちらからの合図はこうだ。君はエラブカから何を持って帰ったか？」

エラブカから何を持ち帰ったか、と慎吾は口の中で呟いた。

「そう聞かれたら君はこう答える。斧《タポール》、と。いいかね」

「はい」

「封建制と資本の綱を一挙に断ち切る正義の斧《タポール》を君は祖国へ持ち帰るのだ」

「斧《タポール》」

と慎吾は呟いた。その言葉は、慎吾の心臓の一部に切り込んだ斧の一撃のように、彼の記憶の底深くきざまれたのだった。

8

女は枕に顔を押しあて、うつぶせになって死んだように睡《ねむ》っていた。彼は腕時計をスタンドの灯りで確めた。午前四時だった。

慎吾は起きあがると帳場に電話をかけた。眠っていた番頭が起きてきて、不機嫌そうな声でこたえた。慎吾は勘定を命じ、タクシーを呼んでくれるようにと頼んで、部屋を出た。女は全く目を覚さなかった。

〈疲れたはずだ〉

と、彼は昨夜のことを考えて思った。帳場で数枚の一万円札を渡すと、彼はタクシーに乗り込んだ。町はまだ暗かった。

「急いでやってくれ」

慎吾は自宅の場所を運転手に教えると、座席に体をよこたえて目をつぶった。激しい行為の後の疲労感が全身ににじんでいた。

森矢慎吾が自宅に着いたとき、あたりはまだ暗かった。家の中にはあかあかと灯りがついていた。

「あなた！」

夏江が駆け出して来て叫んだ。

「いったいどうなさったの？　何か事故でもありましたの？　今までどこにいらしたの？」

「おかえりなさい」

と麻子が少しおびえたような表情で迎えに出て来た。後から長男の彰も顔を出した。

「何かあったのかい、父さん」

「うむ。少し酒を飲み過ぎて悪酔いしたんだ。それで——」

「電話一本くれれば、私が迎えに行ってあげたのに」

と麻子が慎吾の腕をとりながら言った。

「ああ。そうすればよかった」

「とにかく早くおやすみになって。お話は明日にでもうかがいます」

「明日って、もう今日じゃないか。父さんのお蔭で一家中大騒ぎだぜ。困るなあ」

彰が大人びた口調で言った。

「すまん」

「はい、お水」

「うむ」

夏江は電話機にしがみついて、しきりに頭をさげていた。

「だから警察なんかへ知らせる必要ないって言っただろ、母さん」

彰が言った。

「何だ、警察に知らせたのか」

「だって、母さんの身になってみれば心配だわよ。結婚二十年、一度もなかった事がおきたんですもの。みんな父さんがいけないんだわ」

と、麻子が上衣を脱がせながら言った。

慎吾はその時、自分が決して独りではないという事を感じ、何とかしてこの家庭を守らねばならぬ、と思ったのだった。

その翌日は、朝から雨だった。

慎吾はその日の授業を休講にし、家で寝ていた。夏江は何も聞こうとしなかった。いつか時間がたった時に、改めて冷静に慎吾をとっちめようという考えらしかった。

その日の午後、警察から私服の男が来て、慎吾に昨夜の事をたずねた。慎吾は適当に答をにごしておいた。その男は、形式的に様子を見に来ただけらしかった。

「まあ、どうぞお大事に」

と、彼は挨拶をして帰り際に、慎吾を振り返って言った。「先生、何でもご相談があったらいつでもどうぞ。どんなお役にでも立ちますよ」

その男が帰ってしまってから、慎吾は相手が今言った言葉が妙に頭に引っかかるのを覚えた。

「あれは誰だい」

「警察の課長さんですって」

夏江は名刺を持って来て慎吾に見せた。それは原根という名前だった。

夕方、電話が鳴った。慎吾が出た。

「もう一度、きく。これで回答がなければ、協力を拒否したものと認める。いいか」

「もしもし」

と、慎吾はかすれた声で言った。「そうなれば、どうなる？」

「それは組織が考えることだ。だが、君は現在の職を失う結果になるだろう。それから君の家族に何らかの影響があるはずだ」

「よせ！」

慎吾は叫んだ。「それは許さんぞ。これまで二十年近くも放っておいて、いきなり今になってそんなことを」

「こちらはただ連絡を取るだけだ。処分の方法は上で考えてくれる。いいか、最後の連絡だ――」

相手は少し間をおいて、ゆっくりとたずねた。

「君は何をエラブカから持ち帰った」

「……………」

「何だ？」

「斧《タポール》」

慎吾は額ににじみ出した汗を手の甲でふきながらくり返した。

「タポールを持って帰って来たんだ」

「よし。これで連絡はついた。二十年ぶりだとか言ったな」

「そうだ。私はもうすっかりその事は時効になったものと思い込んでた」

「馬鹿な。君は内務省あてに正式の誓約書を提出して協力を引受けた。その代償として君は他の連中にさきがけて帰国できた。このまま知らん顔をしていられる訳がないじゃないか。え」

「私に何をしろと言うんだ。私は今、平凡な地方大学の助教授だ。娘は来年結婚する。息子は進学の準備中だ。そんな私に今頃――」

「今日は連絡だけだ。指令は後で来たら知らせる」

「待ってくれ」

電話が切れた。慎吾は放心したように立ちすくんでいた。連絡がついた、とはどういうことか、と考えた。二十年ぶりに、あの眼光の鋭いＭＶＤのラタリベフ中佐の顔を思い出した。

9

森矢慎吾は、窓から公園の紅葉がのぞめる明るい部屋に独りで坐っていた。

警察の建物の中に、こんな部屋があるとは思っていなかったので、意外な気がした。恐らく集会か何かに使われる部屋だろう。

「お待たせしました、先生」

「どうも」

先日、家に訪ねてきた原根課長だった。今日は制服で、動作も活溌である。

「先日はご心配をかけまして」

と、慎吾は頭をさげた。原根課長は如才なく笑顔で手を振って、慎吾の前に腰をおろした。

「お忙しいでしょう、警察も」

「はあ。これから歳末にかけまして、いろいろとね。大学の方はいいですなあ。冬休みがあるというのは、うらやましい」

原根警部は、もし制服を着ていなければ、腕ききのセールスマンか、中小商店の店主のように見えるかも知れない。痩せて、頭も少し薄くなりかけている。ただ、薄い唇と、そげた頬とに、ふとした拍子に切れ者の印象がかすめた。目はやや充血していて鋭い光り方を時々する。

「ところで今日は、何か急なご用でも?」

「いや」

慎吾はポケットから煙草を出して原根課長にすすめた。原根課長は、いや、と手を振って、

「私はやりません」

「そうですか」

慎吾は煙草に火をつけると一服吸って語り出した。

「実は私の一身上の件につきまして、絶対内密で相談に乗っていただきたい事がありましてね」

「大丈夫です」

打てば響くように原根課長が答えた。その語調には、いかにも断乎たる響きがあった。

「プライバシイの秘密は絶対に守るように心がけておりますから」

「それをうかがって安心しました」

慎吾はしばらく黙っていた。原根課長も、気長に彼が語り出すのを待っていた。

「じつは、今から二十数年前の事になりますが――」

慎吾は、かつてエラブカで自分が体験した事件を、出来るだけ正確に相手に説明した。誤解を受けそうな部分も、思い切って細部までくわしく話した。

原根課長の頬にかすかな緊張感が走っていた。だが、彼は出来るだけ相手にそれを悟らせぬよう落着いて相づちを打っていた。

慎吾は引揚げてからの自分の生活もくわしく説明した。大学教授の娘である夏江と恋愛結婚したこと、長女と長男のこと、大学の研究室に戻って長い貧苦の学究生活に耐えたこと。恩師に推されて地方大学の講師になったこと、現在、助教授であるが、来春には教授への道が開けそうなこと。娘の麻子は、医学部教授の息子の医者と婚約中のこと。そして、数日前、全く二十年ぶりに現れた電話連絡のこと。

「私は今は二十年前のあの血気盛んな青年ではない。しかも、あの際ならどんな条件を受けてでも帰国したかった。その後、二十年、まったく何の連絡もなかったのです。私はようやくほっとしていた所だった。あの時の話はもう過去の約束だと。しかし──」

「そんな相手じゃない」

と原根課長が言った。

「必要とあらば半世紀でもじっと機会を待っている連中ですよ、ロシア人というのは。あなたが狙われたのは、きっと日本へ帰国していつかきっと社会で有能な人間となるだろうという見通しがあったからでしょう。そしてようやく連中は今になって、放し飼いにしていた羊たちを集める作業にかかったのかも知れない」

「私はどうすればいいんです」

と慎吾はたずねた。

「あなたは二十年前の連中との約束を守る気はないのですね」

「もちろん」

「では、どうします？」

「それを相談に来たんじゃないですか」

「うむ」

原根課長は顔をあげて低いが強い言葉で言った。

「道は二つしかないようですね。一つは相手の指令をうけて工作に協力すること」

「それはやらない」

「もう一つは――」

「……………」

「私たちに協力していただくこと」

「あなたがたに？」

「ええ。私たちも日本で動いているそのような情報機関の動静は充分調べています。今度のその事件などはＭＶＤがからんでいるとすれば、恐らくあなた一人じゃない。全国で眠らせておいた協力者たちを起こしにかかったんだ。きっとそうだろう。これは容易ならんことです。われわれとしても、手をこまねいているわけには行かん。そこで先生にも一つ協力していただきたいのです」

「何をやるんですか」

「連中と連絡を取ったら、指令を受取るのです。そして、その指令を忠実に実行する。連中は先生は役に立つ協力者だと思う」

「連中に仲間だと信じさせておいて、こっそり警察に協力しろというわけか」

「日本全体のためですよ」

「しかし、それは二重スパイだ」

「やっていただきたいのです」

原根課長は頭をさげて言った。

「もし、先生が警察への協力を拒否なさったら、こっちでは先生を取調べなければなりません」

「どういう理由でかね」

「かつてソ連内務省の協力者として帰国後スパイ行為を行う誓約をした件です」

原根課長の目が冷くなった。声に威圧的な調子が現れて来た。

「しかし、証拠は？」

「先生の今の話は全部記録してあります」

「………」

「たとえ証拠不充分で無罪になったとしてもジャーナリズムは騒ぎます。先生の教授の椅子は恐らく実現しないでしょう。それに娘さんの縁談もね」

「君！」

「先生、今度だけでいいのです。ソ連内務省のために働くより、日本の政府のために協力してください。そしらぬ顔で相手の指示を実行するだけでいいのです」

「しかし、連中は私が警察へやって来たことを——」

「それは大丈夫です。或る男が、先生の家を張っていましたので、外へおびき寄せておきました。先生が今ここにいらっしゃる事も、私と会ったことも、誰も知りませんよ。出る時も、面倒ですが、裏口から回ってください。後の連絡は電話でいたします」

「私はまだ、やるとは言っていない」

「お考えになって下さい。ソ連政府のために働くか、それとも裏切り者としてMVDの手先に処刑されるか、でなければ、われわれに協力していただくかしか、道はないはずです」

しばらくして二人は別れた。慎吾は目立たぬようコートの襟を立てて裏口から出た。

電話がかかって来たのは、その日の晩だった。すでに十時を過ぎていた。

「エラブカから持ち帰ったものは？」

いつかの男の声だった。

「斧《タポール》だ」

と慎吾は答えた。相手はゆっくり喋り出した。

「指令を伝える。明朝午前二時、内灘海岸の弾薬庫跡、海へ向って最前列左端の前で待て。海上よりライトの点滅があった時、懐中電灯を三度、円を描いて回すこと。海岸に人がいたり、またはその怖れのある時は左右に振れ。なお、車を道路の端に置いておくこと。海上からゴムボートで上陸する男一人を、車でK市内、A地区の指示点まで運ぶこと。以上」

「もう一度たのむ」

と慎吾は言った。相手のくり返す言葉を手早くメモをした。

三十分ほどたって、慎吾は原根課長の自宅へ電話をした。

「指令が来ましたよ」

「よし」

慎吾は電話できいた通りを原根課長に伝えた。

「わかりました。こちらはこちらで直ちに準備にかかります。先生は指示された通りに動くこと。相手は、こっちと連絡がとれている事に気づいていないらしい」

「上陸した男を逮捕するんですか？」

「いや」

原根課長の笑い声がきこえた。

「そんなことはしません。それをやるとあなたの立場がばれてしまう。ちゃんと見張っておいて日本中どこへでも泳がせるんです」

「じゃあ」

慎吾は電話を切った。すでに十一時になっていた。彼は妻や娘たちと離れて、書斎にじっと坐って考えこんだ。

〈どうにもできない〉

と、彼は思った。さし当りこのまま原根課長の言う通りにしなければならないだろう。教授の椅子と、娘の結婚と、その二つさえ無ければ、と慎吾は考えた。

10

夏江が寝返りを打った。

慎吾は頭をあげて時計を見た。一時だった。彼は静かに起き上って、服を着た。夏江は軽いいびきをかいて眠り続けている。コートを着、マフラーを巻いて外へ出た。車庫から旧式のブルーバードを静かにスタートさせる。中古車を分割払いで同僚から買った車だ。エンジンが機嫌の悪そうな音をたてている。

深夜の市街を抜けて駅前から内灘へ向った。車もほとんど通らないが、安全運転を守って走った。私鉄の線路と並行して走っている舗装道路が時々カーヴしながら続いている。以前、内灘試射場設置反対闘争の時期には、慎吾も学生たちと共にデモに参加したものだった。

内灘の町を抜け、踏切をこえると、新しい一戸建ての団地がひっそりと静まり返っていた。アカシア団地と呼ばれる地区だった。ニセアカシアの防砂林を切り開いた坂を上って行くと、突然、目の前に夜の日本海が黒々と横たわって現れた。右手にビーチハウスのシルエットが見える。その左側に並んだ半円形の防空ごう様の奇怪なオブジェが弾薬庫跡だった。

慎吾は途中で車をターンさせ、海に尾灯を向けてエンジンを切った。不意に底深い日本海の海鳴りが押しよせて来た。空に白い月がかかっていた。背後には見渡す限りのニセアカシア林が黒く左右に続いて見えた。

車のシートの上から懐中電灯を持って指示された弾薬庫跡へ行った。半円形のセメントの面に、ぽっかりと四角な穴があいている。中は真暗だった。

腕時計を見ると、一時四十分だ。早く来すぎたのだろう。彼は車の所へ引き返し座席にうずくまって夜の海を眺めた。あの海の向こうに、二十数年前、生死の境をさまよったシベリアがあると思えば、感慨が湧いた。ナホトカから船に乗ったのは、ちょうど今頃の季節だったのかも知れない。

慎吾はふと一人で寝室に眠っているはずの夏江の事を考えた。それから麻子のこと、彰の進学の事などを思ってみた。

〈何とかしてきり抜けなければならない〉

と、彼は思った。慎吾は時計を見て、五分前であることを確めた。外へ出ると風がぴたりとやみ、空に星がくっきりと見えた。背中の方で、黒いニセアカシア林が、眠っているけもののように、ひっそりとしていた。

砂の上を歩いて海に向って左端の弾薬庫跡へ行った。あたりには人影はなかった。沖は暗く、白い波頭だけが鮮明に浮びあがって消えた。

二時だった。慎吾は懐中電灯を握りしめて沖をみつめた。

不意に思いがけず近い位置でライトが点滅した。慎吾は懐中電灯をつけ、大きく円を描いて合図をした。

慎吾は思わず背後を見た。あのニセアカシアの林の中か、砂丘の陰か、それとも弾薬庫の中にか、どこかに原根課長のグループが、じっと神経を集中してこちらを見ているに違いない。

慎吾は待った。夜の中をすかして、じっと耳をすませていた。ふと白い波頭の間に、黒い円形のゴムボートのようなものが見えた。

〈あれだな〉

彼は波打際に立って、そのボートを待った。ボートは波の間を上ったり沈んだりしながら近づいて来た。両手でオールを動かしている二人の男の姿が、ぼんやり見えて来た。慎吾は、いま自分が待っているのは一体だれだろうと考えていた。

ゴムボートが波打際に近づいた。一人の男が頭上に高く黒い箱を支えながら海水の中に飛び降りた。遠浅になっているあたりで、水はその男の腰のあたりまでしかこなかった。

ボートは再び海に向って帰って行こうとしていた。恐らくその先に、大型の船が待機しているのだろう。箱を抱えた男が、慎吾の方へ、ゆっくり歩いて来た。いざとなったら、すぐに戦闘態勢に移れる身構えだった。

それは大柄な、手足の太い男だった。顔は見えないが、東洋人の体つきではない。その男は、慎吾の前に立つと、箱を砂の上におき、ポケットに手を入れたまま、少し訛りのある日本語で言った。太いバスだった。

「エラブカから君は何を持って帰ったのか」

「斧《タポール》を」

と、慎吾は答えた。

「車は？」

と相手がきいた。

「あちらに用意してある」

「よろしい」

その男は砂の上をよろけながら、箱をかかえて歩き出した。

「手伝おうか」

「触らないでくれ」

車に乗り込むと、その男は一枚の紙片をさし出した。A地区の略図だった。

「わかった」

慎吾はうなずいてエンジンをかけた。車はニセアカシアの林を通過し、私鉄の駅の踏切を渡り、内灘の町を抜けて走った。

「エラブカはどうかね」

「知らんな」

「あっちはもう雪だろう」

と、慎吾は言った。「私はあの町にいたんだ」

男は黙っていた。眼鏡をかけ、コートの襟に顔を埋めていた。褐色の髪が、額に落ちかかるのを、うるさそうにかきあげながら聞いた。

「何分ぐらいかかる？」

「後十分もあれば行けるだろう」

「急いでくれ」

「余り急ぐと引っかかるんでね」

何に引っかかるというのだろう、と愼吾は考えた。

〈おれはとっくに二十年も前に引っかかっているのに――〉

おれを引っかけたのは警察の原根課長もだ、と彼は考えた。これから先、おれはどうなるのかな、と愼吾は思った。夏江は、そして麻子は――。

前方に黒い医王山のシルエットが見えてきた。彼は静かにアクセルを踏み込んだ。サイドミラーに、後方からついてくる車のライトが映っていた。原根課長の車だろう、と森矢愼吾は思った。そのとき彼は、夜空の果てに音もなく揺れる巨大な斧《タボール》の形を見たような気がした。

天使の墓場

1

最初に声をあげたのは、サブ・リーダーの江森だった。

「落ちる！」

悲鳴に似た鋭い叫び声に、生徒たちの全員が振り返った。

「飛行機が落ちる！」

江森の顔は、激しい恐怖にひきつって歪んでいた。彼は拳闘選手がガードを固める時のような姿勢で体をすくめ、顔だけを空に向けていた。生徒たちの間に叫び声があがった。

リーダーの黒木貢は、反射的に空を見上げた。その瞬間、彼は思わず肘《ひじ》をあげて顔を覆うような動作をした。黒い、信じられないほど巨大な影が、低い雲の裂け目から彼の視界に不意に突っ込んできたのである。

「伏せろ」

と、彼は叫んだ。だが、生徒たちは皆、凍りついたように立ちすくんだままだった。黒木自身も、上体をのけぞらせたまま、自失したように突っ立って、それを見ていた。

それがどのような形をしていたか、どんなふうに落ちて行ったかを、黒木は全く憶《おぼ》えていなかった。彼の目に焼きついているのは、黒い、大きな影が頭上をかすめ、悪夢のように落下して行った事だけだった。

次の瞬間足もとが激しく揺れ、腹にこたえる重い衝撃音が全員をおそった。女生徒の悲鳴があがった。その時やっと彼らは、雪の上にわれがちに体を投げ出した。だが、一度、鈍い爆発音が起こっただけで、後は何の物音もしなかった。高校教師の黒木貢は、自分がいま見たのは何だったろう、と頭の奥で考えていた。それは幻覚ではなかった。その証拠に、いまふたたびはぜるような鋭い爆発音が雪面を伝わってくる。それはたしかに落ちたのだ。

一九六×年一月三日の午後二時二十五分、北陸二県の県境、H山山系南端ヌクビガ原には、教師に引率された五人の高校生たちが生きていた。そして彼らは、その突然の墜落事故を目撃した唯一のグループだった。

黒木貢をリーダーとするパーティーが、速見部落に到着したのは、前日の午後である。速見部落は、深い雪に埋もれて、ひっそりと静まり返っていた。

彼らは公民館の庭にテントを張って、ベース・キャンプを設置した。作業を終ると、リーダーの黒木を囲んで、翌日のプランの再確認を行った。

「先生」

と、谷杏子が強く光る目で黒木をみつめて言った。彼女は、一行の中でただ一人の女生徒だった。美人とはいえなかったが、バスケット部で活躍した見事な体と、はっきりした目鼻立ちで、男生徒たちの関心を集めていた娘である。冬山に連れて行くのは、これが三度目だった。

「先生と山に行くのも、いよいよ最後ね」

と彼女は言った。

黒木はペン・カメラにフィルムを装塡《そうてん》しながら答えた。

「君がちゃんと卒業できれば、そうなるかも知れんがね」

男生徒たちが笑った。

「おれ、もう一年、残って先生と山をやるかな」

と、江森慎一が言った。「本当の山をよ」

彼は黒木の勤めているQ商業高校の、山岳部のキャプテンだった。二学期からは二年生の新キャプテンと交替していたが、実質的には現在でも彼がボスだった。高校生ばなれのしたがっしりした体格の少年で、少し不良っぽい所のある生徒である。

最後の冬休みに、やがて卒業する三年生部員だけの記念山行を提案したのは彼だった。

「一発、本格的なやつをやりましょうよ」

と江森は言ってきた。だが、黒木は彼の提案を一蹴したのだった。それは登山部の部長として当然の事だ。部としての年間計画にはいっていないプランを、受け入れられるわけがない。

だが、ほとんど就職の決った三年部員たちの、学生として最後のお別れパーティーを山でやりたい、という希望までは無視できなかった。大都会の大学へ進まず、主に地方の中小企業に散って行く少年たちへの、一種の感慨もあったろう。黒木自身は、東京の私立大学の山岳部で、華やかな山歴を重ねてきていた。それだけに彼らのささやかな希望が、いじらしいものに思われたのである。

黒木はQ商業高校のあるQ市から、最も足がかりの良いH山山系の白羊山を目標に決めた。白羊山は、いわゆる中央の登山家たちには、ほとんど知られていない山だった。標高一、四八九メートル、北陸の二つの県の県境に位置する平凡な山である。夏ならば精々女子供のハイキング・コースといった所だろう。だが、冬となると、そう簡単な山ではなかった。黒木自身、以前にこの山へは二度ほど登って、その厄介さを知っている。問題は天候だった。雪をともなってくる北西風は、たちまち視界ゼロの猛吹雪に変る。

白羊山へのコースの途中に、ヌクビガ原があった。怖いのはここでの堂々めぐり《ワンダリング》だった。ヌクビガ原は直径約三キロ、二メートル近いクマザサの密生地帯で、迷路のような山道が走っている。ここで吹雪とガスにまかれて道を見失えば、お手上げだ。ブッシュの中で迷えば体力の消耗も激しい。また東側に間違って入れば、傾斜は急に強くなり、なだれの危険性もある。

だが、天候を見て慎重に行動する限り、ほとんど不安はなかった。黒木は、不満顔の江森を納得させて、目標を決定したのだった。参加者は男生徒四人、女生徒一人、それに黒木で、六人のパーティーとなった。女生徒が加わっている事で気を遣う必要はなかった。谷杏子は体力的にも、意志的にも、他のメンバーにひけを取らない部員だった。その事は、これまで数回の冬山行で、黒木が確めている。

「予報じゃ明日は雪は降らないらしい」

と、黒木は言い、生徒たちの顔を眺めた。

「だが、北陸の天候がどんなものか、君たちは良く知っているはずだ」

「うん」

と、生徒の一人がうなずいた。「弁当忘れても傘忘れるな、ってこと」

「そうだ。たった今みぞれが降ったかと思えば、嘘のように晴れる。空の一部に青空が見えてると安心してると、たちまち氷雨《ひさめ》、そして雪だ。三十分先の予測がつかない気紛れ天気だ。一瞬の油断もできない。それを忘れんように」

「だいじょうぶ」

と、谷杏子が豊かな胸をアノラックの上からどんどんと叩いて笑った。「あたしたち、先生と違って土地っ子だもの」

「そうだったな」

と、黒木は笑った。黄色い灯火に照らされて彼をみつめている五つの顔は、どれも黒木にとって忘れられない顔になりそうだった。彼が東京の大学を出て、三年前にQ商高へ赴任した時に入学した連中だ。いわば、彼らは黒木の同期生と言える。

「三年間か――」

と、誰にともなく彼は呟いた。生徒たちにも、黒木の感慨が素直に伝わったようだった。

「何か歌おうぜ」

感傷的な空気を吹き払うように江森が言った。

「よし」

彼らは、黒木の知らないフォーク・ソング風のコーラスを始めた。

〈俺たちの頃は青年歌集か歌謡曲だったな〉

と、二十七歳の黒木は考え、自分がひどく年老いたような感じがした。テントの外に出ると、わずか数軒の速見部落は灯火も消え、銀灰色の雪に埋もれた家々は、黒い動物がうずくまっているように見えた。南西から湿った風が、かすかに吹いていた。空は暗く、時どき山のほうで樹木の折れる鋭い音がした。

「先生」

と、うしろで谷杏子の声がした。

「なにを見てるの？」

「べつに」

谷杏子の体が黒木と並んだ。あの独特の髪の匂いを彼は感じた。

「私、卒業したら神戸の伯父の会社に勤めるんです」

「そうだってな。聞いたよ」

谷杏子は、そのまましばらく黙っていた。遠くでまた樹木の折れる音が響いた。黒木は体を固くして耐えていた。腕をのばせば、杏子のあの手応えのある体の重味が倒れ込んでくるだろう。テントの中で歌声がやんだ。

「じゃ、おやすみなさい」

と、杏子がかすれた声で言った。

「おやすみ」

と黒木は答えた。こんど山を降りたら、谷杏子の両親に会ってみよう、と彼は考えた。卒業してしまえば、別に教師でもなければ生徒でもない。谷杏子という成熟した娘と、黒木貢という独身高校教師がいるだけだ。

彼は独りでうなずいて、テントの方へ歩いていった。背後でまた、鋭い樹の折れる音がした。

〈いやに鳴るな。いつもはこんなじゃない〉

なぜか、不吉な予感がした。救急用のブランデーを一口あおって、シュラーフにもぐりこんだ。それが昨夜の事だった。


黒木たち六人がそれを見たのは、予定通り白羊山登頂を終えての帰途である。場所はヌクビガ原の中央付近やや東に寄った所だった。

さいわいに意外なほどの好天にめぐまれて、パーティーは予定より一時間も早く帰路についた。ヌクビガ原にさしかかったのが、午後二時で、この調子では無理をせずとも五時迄にはベース・キャンプへもどれそうだった。

ヌクビガ原の中央部のあたりで、少し風が強まり、雲が低くなった。風の向きが南西から北西の風に変って、ガスが出てきた。視線が急にせばまった。

黒木は、列の先頭に立って、絶えず後方を振り返りながらピッチをあげて行った。見たところ、江森をはじめ、谷杏子も、他のメンバーも、それほど疲れてはいない。

ヌクビガ原の中央部を越えた地点で、黒木は立ちどまって一息いれた。その時、江森の叫びがきこえ、黒い翼が頭上をかすめたのである。

雪の上に突っぷしたまま、何分ほどの時間が過ぎたか、黒木は判断がつかなかった。やはり気が動転していたのだろう。

「先生」

と、江森の声が耳もとできこえた。「もう大丈夫らしいぜ。今のは確にジェット機だった。真黒な大きい奴だ。行ってみよう」

「待て」

と、黒木は雪の中から起き上ると、素早く生徒たちの人数を数えた。自分を入れて六人。

「みんな大丈夫か」

「はい」

と谷杏子が青ざめた顔で答えた。唇が白っぽくなって、おびえたように前方を眺めている。

「落ちた飛行機の事より、早くこのヌクビガ原を抜けてしまうんだ。見ろ、風が変った。間もなく雪がくるぞ。ここで吹雪《ふぶ》かれると面倒な事になる。一刻も早くベース・キャンプに引揚げよう。飛行機の連絡はそれからだ」

「降ってきた――」

と誰かが言った。その声は激しい風にちぎられて、半分しかきこえなかった。ヌクビガ原は、兇暴な意志をはっきりとむき出そうとしていた。昨夜感じたあの不安が不意によみがえってきて彼をおびえさせた。

パーティーの速度よりも、吹雪の方が早かった。それは、全くあっという間の変化だった。北西の強風に吹きまくられた雪が、彼らの視界を奪った。

一時間、いや、二時間も歩いたような気がする。時計を見ると、十五分たっただけだ。動き回るのは危険だ、と黒木は判断した。こうなれば、雪洞《せつどう》を掘って、そこで動かずにじっと待つだけだ。

「雪洞を掘るぞ!」

と、黒木は江森をつかまえて、耳もとで怒鳴った。江森はうなずいただけだった。散り散りにならぬよう、一団となって適当な場所を探した。

突然、黒木の目の前に、巨大な岩肌が立ちふさがった。彼は一瞬、ひやりとした。東側の急な傾斜面に迷い込んだのではないか、と思ったのだった。だが、そうではなかった。

黒木が見たものは、巨大な一枚の金属の尾翼だった。それに気づいた時、黒木は異様な恐怖を覚えた。その尾翼が、飛行機の一部というには、余りにも巨大すぎたためである。

「ジェット機だ」

と、江森が黒木の首を抱えるようにして叫んだ。「こいつの中にもぐりこもう」

「よし」

と黒木は言った。

その尾翼にそって行くと、雪の中にめりこんだ胴体の部分が現れた。その胴体は途中で折れ、その上に他の部分がかぶさっている。胴体の高さは二階建ての建物より更に巨大に感じられた。江森が、手の届く所に、金属板がめくれた部分を発見した。黒木は、生徒たちを一人ずつ、その部分から胴体の中に押しこんだ。最後に自分が這い込んだ。

中は真暗だった。生徒たちは手をつなぎ合って、じっと息を殺している。黒木はペンシル式の懐中電灯を取り出して、スイッチをひねった。

それはグロテスクな光景だった。毛細管のような配線の束が、床一面にのたうっていた。すぐ目の前に、航空服を着た男が一人、倒れていた。電気洗濯機に放り込まれたタオルみたいに、手足がねじれ、首を尻に乗せたような格好で転がっている。

「いや、いやだ！」

と、谷杏子が激しく泣きだした。

「しっかりしろ！」

と、江森が谷杏子の肩を押えつけて怒鳴った。

激しい突風と一緒に、粉雪がどっと吹き込んできた。さっき皆がもぐり込んだ部分の金属板がめくれて、風にちぎれそうに震動した。江森が金属の緑色の箱を引きずってきて、その部分をおさえた。

風の音が急に遠くなった。黒木は生徒たちの真ん中に割りこんで、ライトを消した。

「みんな出来るだけくっつくんだ。ここに居る限り安全だからな。心配するんじゃない」

柔かい体が黒木の腕にしがみついてきた。杏子だな、と彼は思った。腕に力をこめて抱きしめると、それは激しく震えながら一層強くからみついてきた。

気のせいか、風の音が少し弱まったように思われた。

五時間ほどたって、風はやんだ。黒木は杏子の腕をそっと脱《はず》し、緑色の箱を動かして外をのぞいてみた。巨大な尾翼は、夜空の中に溶けこんで、その先端が見えないほどだった。懐中電灯をつけて、黒木は裂け目から外へ出た。雪は音もなく、まっすぐに降っていた。胴体の折れて雪に突っ込んでいる部分に光を当てると、奇妙な天使のマークが浮び上った。白い円の中に、黒い肌の天使が爆弾を抱いて飛んでいる図柄だった。絵の下に英語のスペルがあった。

〈BLACK ANGEL〉

〈ブラック・エンジェル。黒い天使――〉

それが意味するものに、黒木は気づいていなかった。だが、言葉に表わせない無気味な感じが彼をしめつけた。

黒木は、見てはならぬものを見たような気持で、ライトを消し、生徒たちの所へもどった。闇の中で、陽気なディスク・ジョッキーのお喋りが聞えた。江森が携帯ラジオを鳴らしているのだった。

黒木貢は、闇の中で体をすくめて考えていた。寒さのため、眠れないのだ。眠れないのは、寒さのためだけではなかった。引率教師としての責任感が彼の心を苦しめていた。

前夜、裏日本山地の天候の恐しさについて皆に注意しながら、ヌクビガ原で吹雪にまかれたのは、自分の判断の甘さだったと思う。

これまでに二度、生徒と共に冬の白羊山をやって、二度ともあっけないほど楽にこなしていたのが意識の底にあったのだろう。常識から言っても、決して無謀な計画ではない。無謀どころか、それは江森や谷杏子が口をとがらせたほど、安全すぎるプランだったのだ。だが、常識や前例が通用しないのが冬山だ、というのも、また一つの常識だった。

天候が急変した時、彼らはヌクビガ原の、ほぼ中央部に達していた。吹雪のために視界をさえぎられたとしても、あと一・五キロたらずを踏破すれば、猪谷《いがや》新道へ出る。来る時の足跡と、必要以上に慎重を期してヌクビガ原だけに立ててきた標識旗をたどって行けば、まず間違いはないはずだった。だが、現実に、彼らは迷ったのだ。思いがけぬ墜落事故を目撃した事が、黒木の気持を動転させ、冷静さを失わせていたのだろうか。

「先生――」

と、頭のうしろで江森の声がした。

「なんだ。眠れないのか」

「明日はどうする?」

「雪がやみしだい出発しよう。猪谷新道まで出さえすれば、後はどうって事はないはずだ。ベース・キャンプまで二時間もあれば充分だろう」

「問題は天気だな」

と江森は大人っぽい口調で言った。「ラジオじゃ明日も降るだろうって言ってたぜ」

彼は年齢のわりに老成した所があった。時には教師の黒木より、世間なれした落ちついた物の言い方をする事がある。貧弱な映画館を経営している父親と、毎晩、晩酌をやるという噂もある生徒だった。江森は、黒木に対して、教師というより友達のような口のきき方をした。黒木も彼をそう扱っていた。教師たちの間では評判の良くない生徒だったが、黒木とはうまが合うのか、協力的だった。

「地元じゃ、まだ気付いていないらしいよ」

「そうだろう」

と黒木が言った。「学校の方に出しておいた計画書には、四日に帰るようになってるからな。明日中に連絡がなければ、その時になって騒ぎ出すさ」

「先生は、今度は叩かれるだろうな。いろいろうるさい連中が多いからよ」

「うむ。俺の責任だから仕方がないよ」

「もし、明日も吹雪が続いたらどうする？」

「君ならどうするかね？」

「動かない方がいいと思うんだけどな」

江森は囁《ささや》くように言った。「おじけづいたわけじゃないが、ヌクビガ原は何だか気味が悪いんだ。こいつの中で天気が良くなるまでじっと待ってた方が確実だよ」

それは黒木の考えと同じだった。寒さにさえ耐えられれば大丈夫だ。学校の方へ提出してある計画書には、速見部落→猪谷新道→ヌクビガ原→白羊山、と往復のコースを明記してある。もし、一、二日動けなかったとしても、ここで籠城《ろうじょう》している限り、必ず救援隊がやってくるに違いない。少しぐらい視界が利かなくとも、猪谷新道まで抜ける自信はあった。だが、黒木は、こうなった以上、百パーセント安全な道を選ぼうと思っていた。慎重過ぎるほど慎重に行動すべきだと考えたのだった。

「この飛行機は一体、何だろう？」

と、江森が呟《つぶや》いた。「米軍のジェット機には違いないけど、ラジオのニュースじゃ何とも言わなかったぜ。なぜだろう？」

「わからんね。たぶん俺たち以外に落ちるのを見た者がいないんだろう。さあ、もう寝ろよ」

「こんな大きなやつ、はじめて見たよ」

「うむ。いま俺たちがいるのは、機体の最後尾の一部らしい。尾翼の部分が折れて吹っ飛んだんだな」

さっき黒木が見た所では、折れ口の部分に機体の他の部分がのしかかって、ちょうど穴をふさぐような格好になっていた。そのために、彼らのいる場所の、密閉されたスペースができたらしい。

〈ブラック・エンジェル〉

という言葉が、黒木の頭に焼きついていた。

〈俺たちは今、黒い天使の胎内にいる——〉

と、彼は考え、急に得体の知れない不安におそわれた。昨日からの異常な事態が、すべて夢の中の出来事のような気がした。

隣で、谷杏子が微かにすすりあげた。

「しっかりしろ。君らしくないぞ」

と、黒木は言い、彼女の方へ体を向けた。何かを耐えるような、激しい息づかいを彼は聞いた。

「どうした、おい」

「だいじょうぶです」

と、谷杏子は答え、それから黙りこんだ。外では再び、風が吹き出したらしかった。目に見えない自然の悪意のようなものが、ひしひしと彼らを取り巻きつつあるのを、彼は感じた。いま彼らを吹雪から守ってくれているこの機体の残骸は、実は〈黒い天使〉の仕掛けた不吉な罠《わな》なのではあるまいか、という気がした。

黒木が目を覚ました時、あたりは暗かった。彼は懐中電灯をつけ、時計を見た。朝の七時だった。生徒たちは、どこから探してきたのか、真白い柔らかな布に埋まるようにして眠っていた。

「先生——」

と、その中の一人が目をつぶったまま呼んだ。白井という、おとなしい生徒だった。ひょろりと背が高く、色白の頭の良い少年だ。彼の目標は、簿記の一級の資格を取ることだった。それから勤めながら勉強して、税理士の試験に通り、いつかは公認会計士になるんだ、と白井は言っていた。すでに東京のある経理事務所に就職が決っている。ちょっと見ると弱々しい感じを受けるが、なかなか粘り強いところがある生徒だ。

「それは何だい」

と、黒木はきいた。「どこからみつけてきたんだ、え?」

「パラシュートですよ。あの奥にいくつも転がってるんです。こいつにくるまってると、シュラーフよりも暖かいですからね」

「いくつある?」

「三つです。二人に一つずつ」

黒木は起きあがって、出入り口の裂け目をふさいでいる緑色の金属の箱を動かした。いきなり鋭い風と粉雪が、切りつけるように吹きあげてきた。黒木は急いで箱を押しもどした。風がとまった。

「夜中からずっと吹いてるんだ」

と、江森の声がした。黒木は懐中電灯をまわして、江森の方へ向けた。彼は真赤に充血した目で、こちらを見ていた。

「どうやら本格的な籠城になりそうだな」

と、黒木は言った。

「それはいいけど――」

と、江森が口ごもった。

「なんだ」

「あいつの様子がおかしいんだ」

彼は、パラシュートにくるまって、うつぶせになっている谷杏子の方へ顎をしゃくった。

「一晩中、唸《うな》ってたぜ」

「泣いてたのかと思ってたよ」

と白井が驚いたような声で言った。

黒木は懐中電灯を、谷杏子の方へ向け、手をのばして彼女の肩をゆさぶった。

「おい、どうした」

彼女は答えるかわりに、顔をあげ、かすかに低い唸り声をあげた。彼女の顔は青白く、額にあぶら汗がにじんで、前髪がべったりとはりついている。

「お腹が痛い——」

と、彼女は呻《うめ》いた。「痛い」

「どの辺だ」

「下の方——」

黒木は手をのばして谷杏子の指を握った。その指の熱さに黒木はどきりとした。彼女は少しためらってから、その手を自分の腹部に持って行った。

「盲腸じゃないのか？」

と白井が言って、黒木の顔を見た。

「さあ」

「痛い——」

と、谷杏子が身をよじって呻き、少し吐いた。江森が舌打ちして、「畜生」と呟いた。

「ピラビタールを出してくれ。救急箱だ」

と、黒木はわざと冷淡な口調で命じた。だが、彼には事態が判っていた。悪い事は続いて起こるものだ。谷杏子は膝頭に頭をつけるように体を曲げて耐えている。

「水」

「はい」

コップが素早く差し出された。いつの間にか、他の生徒たちも起きていたのだ。コップを差し出しているのは、彼らの中で最も小心な木島だった。どこかネズミに似た顔つきの木島は、今にも泣き出しそうな表情で黒木を見ていた。

「大丈夫だ。心配するな」

と、黒木は励ますように小柄な木島の肩を叩いた。だが、少しも大丈夫でない事を皆は感じていた。機体の外では、激しい季節風が唸っていた。谷杏子は、白っぽい舌を見せて喘《あえ》ぎはじめた。


爆音がきこえたのは、その日の午後だった。

最初それに気づいたのは江森だった。彼は金属の箱を押しのけると、頭から転がるように外へ飛び出して行った。黒木も続いて出て行った。

外は激しい吹雪だった。重い風圧に黒木は思わずよろめいた。視界は極度に悪い。両手で顔をおさえて、やっと呼吸ができるほどの風だ。

爆音は彼らの上空を、確めるように何度も往復した。だが、機上から彼らを発見できるはずはなかった。間もなく爆音は風の中に吸い込まれるように消えた。

吹雪はその日一日やまなかった。谷杏子の呻き声は夜になって、ますます激しくなった。

その夜、彼らは、重い不思議な音を聞いた。それは炭鉱のハッパの音のようでもあり、雪崩《なだれ》の響きのようでもあった。北西からの風に乗って、それは聞え、一度だけでやんだ。

「先生、今のは何の音だろう？」

と江森がきいた。

「さあ。わからんな」

黒木は、あいまいに答えながら、また何か悪い事が起こったに違いない、と考えていた。

〈この黒い天使《ブラック・エンジェル》がすべての災難を運んできたのだ〉

と、彼は心の中で呟いた。彼ら全員の上に、黒い巨大な翼が、不吉な影を投げかけているのが見えるような気がした。彼は思わず身震いをした。それは寒気のためだけではなかった。

その日の午後は、さらにいやな事故が重なった。江森の携帯ラジオを、暗がりで花村が踏みつけ、そのはずみに転倒して膝を打ったのだ。

花村は三年生の中でも、一、二を争う巨漢だった。鋲《びょう》を打った靴で踏まれたトランジスターラジオは、ひとたまりもなかった。花村は泣き出しそうな声で謝っている。大きな体をすくめて謝っている花村に、江森が平手打ちをくらわせた。これで、地元側の動きも、天気予報も、全くキャッチする事は出来なくなったのだ。花村の膝は、ひどく腫れ上って痛そうだった。黒木は、ますます暗い気分におちいった。

谷杏子は、さきほど倍量あたえた睡眠剤のせいで、大きないびきを立てて眠っていた。懐中電灯で照らしてみると、頰がげっそりとこけ、目の下に青黒い隈《くま》が浮いている。

その夜、黒木は一晩中まんじりともせずに考えこんでいた。明け方、少しうとうとしたが、谷杏子の唸り声で目を覚した。

雪は相変らず風をともなって降り続いていた。江森も、白井も、木島も、花村も、皆ほとんど眠らなかったらしい。パラシュートの布を巻きつけて、彼らは黒木のそばに寄りそっていた。

「おい、みんな。聞いてくれ」

と、黒木が言った。「ゆうべ一晩考えたんだが、このまま放っておけば彼女は手おくれになると思う。と、いって、この吹雪の中を彼女をかついで突破するわけにはいかん。花村も膝を痛めている。そろそろ地元の連中も騒ぎ出す頃だが、彼女のためには一分でも早く処置をする必要がありそうだ」

「このまま時間がたつと参ってしまうな」

と江森が言った。「それで、どうしようというんだい、先生」

「君たちはここで頑張っていてくれ。俺は今から一人で速見部落まで降りて、救援隊を誘導してくる」

しばらく誰も何とも言わなかった。

「だけど、大丈夫かなあ、先生」

と、白井が心配そうな声できいた。

「何とかやってみるよ」

「でも――」

「このまま待っているより、それの方がずっと救援活動がスムーズに行く。どうかね？」

「もし、先生が向こうに行き着けなかったら？」

江森が静かな声できいた。

「それで、もともとじゃないか。いずれ救援隊が来てくれる事は間違いないからな」

「じゃ、何のために危険をおかすんです？」

と、木島が言った。

「時間だ。俺が行けば、それだけ救援隊が早くなる」

黒木は、谷杏子の寝息をうかがいながら小声で答えた。

「彼女は一刻も早く手術する必要がある。どうやら腹膜炎を起こしかけているような気配だ。このままじゃ助からないかもしれん。たとえ救援隊が来てもだ。だから、俺は行ってすぐ医者の手配をする。そして自衛隊のヘリにたのんで、彼女だけでも先に町へ運ぼうと思うんだが」

「俺も一緒に行こう」

と江森が言った。

「いや。俺だけでいい」

「ヌクビガ原の東斜面に迷い込んだら、おしまいだぜ」

「わかってる」

と、黒木は押えるように言った。「いいか。とに角どんな事があっても、ここを動くんじゃないぞ。計画書にはコースがちゃんと書いてあるんだ。天候の具合で少しおくれたとしても、救援隊は必ずくる。今から江森がリーダーだ。白井、木島、花村、みんないいいな」

「はい」

と、彼らが答えた。江森だけは黙っていた。谷杏子が、また呻きだした。

黒木は風雪の中を進んでいた。それは暴力的な激しい北西風だった。雪煙が彼の視界をさえぎり、体を捲きこんだ。おそらく風速は二十メートルを越えていたに違いない。

一瞬、風が急にやみ、重い雪が垂直に降る時間があった。それは自然の意地の悪い罠だった。ほっとした直後に、猛烈な突風が起きて、黒木を突き倒そうとするのだ。

黒木は慎重に歩いた。急ぐ必要はない。正確に直進すれば、一・五キロの行程だ。恐しいのは方角を見失う事だけだった。吹雪の中を堂々めぐり《ワンダリング》する危険と、ヌクビガ原の東斜面に迷い込む恐れと、二つの罠がそこに暗い口を開けて待っている。風に流される誤差を、頭の中で慎重に計りながら、同時に彼はとりとめもない回想をくりひろげていた。

去年の夏、他の部員たちには内緒で、谷杏子と後立山の縦走を行った時の事を、彼は思い出した。鹿島槍頂上で眺めた雪渓と、彼の横に立って息を弾ませていた白い横顔。あの時、彼の胸を満たしていたのは、他の生徒たちへの後めたさと、またその為にいっそう強く迫ってくる甘美な優越感だった。高校教師として勤めはじめて三年目の夏の記憶。

肩幅のある、がっしりした江森の姿が目の前に浮んだ。あれは谷杏子との後立山行きを、どこからか彼がかぎつけた時だった。

「おう、先公、おれと勝負しろ！」

放課後、裏山に呼び出しをかけバットを構えて凄んだ江森の顔を思い出して、黒木は思わず微笑した。やつが俺に心を許すようになったのは、あの時の格闘以来だ。江森が谷杏子に惚れている事も、その時に知ったのだった。

不意に背中の方から強い風圧がかぶさってきた。黒木は雪の吹きだまりの中に、頭から突っ込んだ。起きあがると、今度は前から吹く。渦状の風がおそってくるのだ。黒木は歯をくいしばって、目に見えない敵に向って進み続けた。

時間が過ぎて行った。彼はしだいに不安を感じはじめた。後を振り返ったが、何も見えなかった。急に足がすくんだ。東斜面に踏み込んだのではないか、という恐怖が彼をしめつけた。その時、前方に黒いものが見えた。黒木は思わず動物のような叫び声をあげた。それは見おぼえのあるブナの林だった。そこが猪谷新道の目標点だった。

黒木貢が新道にさしかかった時、皮肉なことに風は少しその勢いをやわらげた。彼は快調に新道を下って行った。雪は深かったが、心理的な不安が消えると、筋肉は疲れを忘れたように自由に働いた。

一時間ほどで、蛇ガ洞にさしかかった。蛇ガ洞は、国有林の伐採木を輸送するために、崖の中腹にくりぬかれた一種のトンネルである。トンネルといっても、崖っぷちの側はひらかれてあり、そこに木材の支柱が数十本はめ込まれていた。下から見ると、カーヴした部分が蛇腹のように見えた。

そのトンネルの前まで来た時、黒木は何か異常な予感がした。そぎ立った崖の、はるか下方の雪の上に、トンネルの支柱らしい材木が、点々と散乱しているのだ。

彼の予感は、トンネルのカーヴの部分が見えた時、的中した。

崖の一部とともに、トンネルの向こう半分が完全に崩れ落ちてしまっていたのである。雪崩ではなかった。恐らく大きな土砂崩れによるものだろう。崖そのものが、そぎ取ったように、きれいに消え失せてしまっているのだ。

下はそぎ立った絶壁だったし、上方は覆いかぶさるような岩場だった。ベース・キャンプへの道は、これ以外にはなかった。速見部落とヌクビガ原をつなぐ猪谷新道は、その部分で完全に断ち切られていた。黒木は、消え失せたトンネルを前に、茫然と立ちすくんでいた。

まだ、生々しい崖崩れの爪跡の上に、ふたたび横なぐりの雪が吹きつけはじめた。ふたたびヌクビガ原に引き返す自信は、黒木にはなかった。

〈黒い天使《ブラック・エンジェル》のせいだ。きっとそうだ〉

彼は、がっくりと膝を折り、崩れるように上体を雪の上に投げ出した。今はただ睡《ねむ》いばかりだった。外《ほか》の事は何も考えたくなかった。激しい雪煙が、彼の体を包んだ。猪谷新道には、次第に夜が迫りつつあった。

夢とも現実ともつかぬ、薄ぼんやりした意識の中で、黒木貢は、金属質の重い爆音を聞いていた。その爆音は彼の頭上を次から次へとひっきりなしに通過して行った。

〈ジェット・ヘリコプターだな〉

と、彼は思った。何機だろう？　いや、何十機、何百機かも知れない。その爆音は重なりあい、連続して津波のようにいつまでも響いていた。

彼は自分が夢を見ているのだ、と考えようとした。あんな沢山のヘリコプターが飛ぶはずはない。

〈もし夢でなければ――〉

と考えて、彼は身震いした。夢でなければ幻聴だ。自分は実際に聞えないものを、聞いている。そのうちに、見えないものが見えてくるに違いない。あのトンネルの向こうに灯火が見え、人々の呼ぶ声が聞え出す。そして、その方向によろめき歩いて行き、そのまま、底の見えない断崖の中へ、何もない空間へ足を踏み出すだろう。それで終りだ、何もかも。

彼は、その絶え間のない爆音を、上空に吹き荒れる季節風の音だと考えようとした。それに違いない。夢でも、幻聴でもなく、単なる錯覚なのだ。

だが、その爆音は、黒木貢の倒れている猪谷新道の上空を横切って、確にヌクビガ原の方向へ続いていた。あの残酷な北西風は、夜になってから、不思議なほど急に、どこかへ行ってしまっていた。湿った重い雪だけが地面にまっすぐ静かに降りこめていた。

その夜、異様な量の爆音は朝方まで続き、三日ぶりの日光がヌクビガ原にさし始めるころ、かき消すようにとだえた。

2

白い閃光《せんこう》が目の前をはしった。それから激しい罵声《ばせい》と、物の倒れる音。

〈なんだろう？　今の光は——〉

黒木貢が意識を取りもどした時、彼は真白な部屋の鉄のベッドに寝ていた。頭の上に女の顔があった。

「杏子！」

と彼は叫んだ。だが、その顔は谷杏子のものではなかった。

「気が付かれたようです」

と、看護婦が言って、そばの人々を振り返った。

「江森は？」

と、黒木はきいた。ベッドの上に上半身をおこしかけ、看護婦の手で押えつけられた。

「木島はどうした？　谷杏子の手術はすんだのか！」

「さあ、静かにするのよ」

看護婦が子供をあやすように囁いた。「もうしばらく眠った方がいいわ」

「相当まいっているようだな」

と、ベッドのそばに立っている男が言った。

「無理もないさ。生徒たちをみんな死なせて、自分一人だけ助かったんだからな」

「いま何と言った？」

と、黒木が目を大きくあけて、呻くようにきいた。「何だって？」

「恥を知れ、と言ったんだ。お前、よくのめのめと生きて帰れたな。もし教師なら自分を――」

「おやめなさい」

と、白衣を着た若い男が制した。「今そんな事を怒鳴ったって仕方がない。とにかく、もうしばらく安静にさせてやる事だ。さあ、報道関係の皆さんも出て下さい。ちゃんと話が出来るようになったら、お呼びしますから」

白衣の男の首の下から、シャッターを切った男がいた。マイクの棒が黒木の額の上に差し出された。ライトが輝いた。

「今のお気持は？　何か一言だけどうぞ」

黒木は顔をそむけて黒いマイクから逃れた。

「父兄の方に済まないという気持で一杯でしょうね？　そうですか。はい」

アナウンサーらしい声が、自分だけで喋ってライトが消えた。

「さあ、みんな出て！」

と、黒木を責めた男が、強い口調で言った。

「先生も、看護婦さんもどうぞ」

「しかし――」

「どうぞ、お出になって下さい。こちらで少し調べる事がありますから」

「なるたけ短く切りあげてくださいよ。患者に関する責任は私にあるんですから」

「ええ。よく判っています。どうぞ」

若い医者は不快そうに看護婦をうながして病室を出て行った。真白な部屋の中が静かになり、そこにいるのは黒木貢と、四十五、六歳の鋭い目をした小柄な男だけになった。


「どうかね、具合は？」

と、その男がわざとらしい優しさでたずねた。その声には独特の押しつけがましさと、ふてぶてしい自信とが隠されていた。

「大丈夫です」

と、黒木は呟いた。「ぼくは、どういう事になってるんです？　よかったら状況を説明してくれませんか」

「よかろう」

と、その男は言った。目立たぬ灰色の背広を着た男は、思いがけないほど敏捷な動作で椅子を引き寄せ、それを反対に向けてまたがると、喋り出した。

「今日は一月八日だ。君は猪谷新道の途中の蛇ガ洞の先で一昨日の夕刻発見された」

その男は、事務的な恐しく正確な口調でこの三日間の彼らの動きを説明した。それはまるで、警察の調書を読んでいるような口調だった。彼が話す内容に、黒木は自分の三日間の行動を照応させながら耳を傾けた。

「最初の報告は学校からだった。教員黒木貢が引率するQ商業高校三年生五人、男生徒四人、女生徒一人のパーティーが、予定日を過ぎても帰ってこない、という報告だった。四日の夕刻に帰校すると計画書には書いてあったが、当日、彼らは帰ってこなかった。そこで計画書にあったベース・キャンプ設定地、速見部落へ連絡したが、彼らはそこにもいなかった。五日朝、学校側は彼らが遭難したものと判断して、それを各方面に報告した。地元Q町の山岳会を中心として、Q商OB山岳会、隣県のR大山岳部などが、緊密に協力しあって救援隊が組織された。五日の午後、まず最初の救援隊は町を出発し、ベース・キャンプの速見部落から猪谷新道に向った。遭難パーティーのコースは判っていたので、彼らは猪谷新道を抜けヌクビガ原に直行するプランだったのだ。ところが、蛇ガ洞のトンネルで、予期しない事態を発見したんだ」

「崖崩れだな」

「そうだ。そいつは難物だった。おまけに夜が迫っていた。彼らはその日のうちに、ヌクビガ原の入口まで登り、そこに前進基地を作る積りだったが、それが不可能になった。そこで彼らは一たんベース・キャンプに引き返した。後続部隊と合流して、救援体制を再編成せよという指令が出たからだ」

「ぼくはその時、トンネルの向こう側にいたんだな。一晩中ヘリコプターの爆音が聞えてましたよ」

男の顔に、かすかな緊張の色が走った。しかし、彼は何でもないといった口調で言った。

「航空自衛隊のQ基地から大型ヘリを飛ばしたんだ。雪さえやめば照明弾を落としてヌクビガ原の捜索がやれるからな」

それで？　と黒木はたずねた。

「駄目だったよ。風はやんでいたが、雪で視界が全くつかめなかった」

「一晩中、飛んでいましたね」

「ああ。山地の天候は不意に変るんだ。チャンスを待って、何機も飛ばせたのさ」

黒木は黙っていた。何かはっきり納得できない所があった。なぜ、そんな危険な飛行を自衛隊が承知したのだろう、とも考えた。彼のそんな目の色を、男は奇妙な敏感さで見抜いたように言った。

「Q基地の航空自衛隊は、この地方の住民に積極的なPRをやる必要があったのさ。いつも騒音や、滑走路拡張で反感を買っていたからな。戦争が始まればミサイルの目標になるなんて煽動する連中もいることだ。この辺で頼もしい所を見せとく必要があったんだろう」

「それで？」

「ベース・キャンプに集結した救援隊は、一昨日六日の朝から、本格的な行動を開始した。猪谷新道を抜けるのをやめて、今は全く使われていない夏道を行く事に決めた。そいつはかなり危険なコースだったが、外に方法はなかったんだ。夏道からヌクビガ原へ出て、一部は白羊山へ、一部は猪谷新道の方へ、遭難パーティーがたどったはずのコースを捜索することに決めた。そして、彼らは夏道を抜ける事に成功して、その日の午後、ヌクビガ原に達し、原を中心に、君たちを探した」

「彼らはヌクビガ原の中央付近にいたでしょう？　例の飛行機の落ちていた場所に」

相手の男は、話がわからないといった表情で、黒木をみつめた。

「何だって？　何の飛行機だって？」

「米軍のジェット機ですよ。もの凄く大きな黒く塗ったやつの残骸があったでしょう。あれですよ」

「君は何の事を言ってる？　そんなものはどこにもあるもんか」

「そんな馬鹿な！」

黒木は毛布をはねのけて上体を起こして叫んだ。「彼らはその中にいたんだ！」

「君の話を聞こう」

と、相手の男が、なだめるように言った。

黒木は、三日の午後から、五日に蛇ガ洞のトンネルまでたどりついた一部始終を正確に喋《しゃべ》った。疲れてめまいがしたが、黙っているわけにはいかなかった。

男は、黒木を憐れむような目で見ながら、しかし、緊張した表情で耳を傾けていた。

黒木は自分が見たこと、行動したことを、飾らずに事実に即して喋った。

喋り終えた時、黒木は、今自分が喋った事のすべてが自分の幻覚ではないか、というような気がした。

「わかった」

と男は言った。「君はしばらく休養する必要がある。神経が参ってるんだ。どうせ君の生徒たちはもう帰って来ないしな。捜索は今日で打切りになったよ。彼らは一人も発見されなかったし、天候が悪化したんでね。たぶん、君に見捨てられた生徒たちは、危険な東斜面に迷い込んだのだろうという事になった。助かったのは、君だけだ。春になって、再捜索が行われれば、すべてがはっきりするだろう」

黒木は打ちのめされたように黙って目を閉じていた。自分が今ここで何を言っても無駄なのだ。いずれにせよ、生徒たちは帰って来なかった。江森、白井、木島、花村、そして苦しんでいた谷杏子――。

黒木はベッドからはい出し、リノリウムの床に転がり落ちた。そのまま傷ついた動物のように、激しい呻き声をあげた。

「たしかに神経がやられてる」

と、鋭い目をした男は黒木を物のように見おろしながら呟いた。その声には、一種の満足そうな響きがあった。

それから三日間、黒木はその病院にいた。室内に入ってくるのは、医師、看護婦と、例の小柄な男だけだった。彼らは黒木を、ひどく大事に扱った。看護婦は彼に、子供をさとすような口調で物を言った。

新聞も、ラジオもなかった。彼はすでに体力を回復していた。散歩がしたい、と申し出たが、許されなかった。黒木は、それに何とも抗議もせずに従った。

生徒たちを残して、自分だけが助かった、という事実が、彼を苦しめていた。彼は、しばしば自分が自失したように、裸足で床に立っているのを発見して驚く事があった。

〈おれは確に神経が参っているらしい〉

と、彼は思った。

四日目に、白い上衣を着た屈強な男たちが迎えに来た時も、彼は素直に相手の指示に従った。彼を乗せた車は、私立の病院を出て、雪どけの道を走り、木立にかこまれた新しい木造の建物に走り込んだ。その建物の窓には鉄の格子がはまっていた。車から降りる時、黒木は身をひるがえして逃げようとしたが、白衣を着た男たちは笑いながら彼を押えこんだ。

窓がおそろしく高い場所についている、四角な部屋に、黒木貢は導かれた。

彼はすでに何かを放棄していた。生徒たちを死なせて、自分だけが生き残ったという、その事実だけをじっとみつめていた。

なぜそうなったかを、彼は考えたが、やがて考える事をやめた。奇怪な現実のからくりは、すべてあの〈黒い天使《ブラック・エンジェル》〉の企みのように思われた。それは彼が逆らった所でとうてい逆らい切れない奇怪な悪意の象徴のようだった。

「ブラック・エンジェル――」

と、彼は呟いた。「ブラック・エンジェル」

「なんだって？」

と人の好さそうな看護人がきいた。「あんた、何が欲しいんだ」

「ブラック・エンジェルはどこへ行った？」

と黒木は呟いた。「どこへ？」

「かわいそうに。まだ若いのに、大学まで出てな」

と、看護人が言った。

黒木は、かすかに微笑しただけだった。

3

その病院に入れられて一週間目に、面会人があった。

「あんたの弟さんだそうだ。本当は面会禁止なんだが、東京からわざわざ来たそうだから内緒で会わせてあげるよ。内緒だよ」

人の好さそうな看護人が、扉を開けて、一人の青年を部屋に押しこんだ。それは黒木の知らない男だった。もちろん弟ではない。

「やあ兄さん」

と、その青年は微笑し、手に下げた四角な箱を床においた。「兄さんの好きなメロンをうんと買ってきたぜ」

高窓から北陸にはめずらしい冬の陽がさしていて、格子を抜けてくる光が、その青年の頬に縞を作っているのを黒木は眺めた。

「じゃ、あんまり興奮させるような話はせんようにして――。三十分後に迎えにくるから」

と、看護人は言い、素早く扉の外に消えた。

「一体どういう事なんです？」

と、黒木は呆れたような顔で青年に言った。

「ぼくは、あなたを知りませんよ。何の目的で、ぼくの弟だなんて嘘をついたんですか」

「失礼しました」

と、その青年は、がらりと態度を変えて頭をさげた。

「実は、是非あなたにお目にかかって話してみたかったのです。病院にインタヴューの申込みをしたのですが、あっさり断られました。肉親と言えば何とかなるだろうと思って、院長の留守に看護人を口説いたのです。泣き落しと買収の両方で攻めて、やっと内緒で三十分だけ時間をもらいましてね」

その青年は、黒木の精神状態を計るような目つきで、じっと黒木をみつめた。

「まあ、どうぞ。ベッドの端にでも腰をかけてください」

と、黒木は青年に言った。「ぼくは確に多少の心理的動揺状態におちいっていますが、精神病者ではありません。一時的なショックを受けて、神経がひどく消耗していているだけなんです。もう大分落着きましたし、あなたに危害を加えたりはしませんよ。安心してお坐りになってください」

「ええ。ありがとう」

その青年は、軽く頭をさげてベッドの端に腰をおろした。黒木は、黙って彼の動作を目で追った。年齢は二十七、八歳だろうか。

〈おれよりは、少し上だろう〉

と、彼は考えた。背広の下にグレイの毛編みのポロシャツを着て、底の厚いスポーティな靴をはいている。やや痩せ気味で、浅黒い皮膚と、引きしまった顔立ちが、その青年に一種のふてぶてしさをあたえていた。いったん目標を決めて動き出したら、なかなか後へ引きそうにない感じの青年だ。彼は黒木をまっすぐ見て、自分が何者か、何の目的で訪ねてきたかを説明しはじめた。歯切れのいい、無駄のない喋りかただった。

「私はラジオＱＷの報道部員で、五条昌雄といいます。まあ、小さなローカル局ですから、大した仕事もやってませんが、主に録音構成のような番組を手がけておりましてね」

今度の高校生パーティー遭難事件は、この地方では数年ぶりの大ニュースだった、と彼は説明した。

「私は遭難の第一報が入った時から、この取材活動にかかりきりだったんです。最近、冬山の遭難が一種の社会問題化してきた時期でしたし、この事件の一部始終を追うことで構成ものを一本作る積りでした。良いものが出来れば、本年度の民放祭にラジオＱＷ制作作品として出そうという話もありました。ローカル局にもローカル局の意地というものはありますからね。いつも中央局からネットしてお茶をにごすばかりが能じゃない。その所を、一発見せてやる気で本気で取組んだわけです」

「わかりますよ」

と、黒木はうなずいて微笑した。地方の商業高校で英語を教えている黒木自身にも、中央の一流高校への対立意識はあった。「それじゃ、あなたは今度の遭難事件の全体を、かなりくわしく摑んでおられるんですね」

「ええ。まあ――」

「では一つお願いがあるんですが」

五条と名乗った報道部員は、どうぞ、というようにうなずいた。

「ぼくは一月八日に、市内の病院で意識を取りもどした。そして、ほとんど外部の人たちからシャットアウトされたまま、何日かそこで過し、それからこの精神病院へ移されたんです。その間、新聞も読ませてくれなかったし、放送も聞かせてもらえなかった。それはなぜです？　いったい誰がぼくを、そんなふうに保護してくれてるんです？　地元の人たちや、校長や、同僚や、父兄たちは、ぼくの事をどう言ってるんでしょうか？　ぼくは独身で、家族も東京にいる母と弟だけですが、彼らには、ぼくの事はどんな具合に知らされているんでしょうね」

黒木は少し興奮して立ちあがり、激している自分に気づいて、また腰をおろした。

「私の知ってる範囲では――」

と、五条は率直な表情で言った。「あなたは、ひどく難しい立場に立たされているんですよ。ジャーナリズムの報道では、その理由は何にしろ、あなたは生徒たちを死なせて自分だけが生き残った教師、という形で非難されています。そして、奇跡的な生還と、生徒たち全員を死なせた事で、あなたはひどいショックを受け、一時的なノイローゼ状態におちいっているとも発表されました。だから、記者会見も、他の人々の面会も一切できなかったわけです。そして、数日たったが、あなたの状態は回復しなかった。そして、さらに自殺のおそれがあると判断されたため、この精神神経科の病院へ送られた。まあ、私たちは、そんなふうに知らされているんですが」

黒木は顔をあげ、五条にきいた。

「知らされているって、誰にです？」

「武早警部です」

「武早警部？　それは一体だれなんです」

五条は急に目を光らせて、黒木の顔をのぞきこんだ。

「県警の人だというんですが。今度の遭難対策本部長になってる人ですよ」

「……」

「あなたは彼を知ってるはずです。小柄な、目の鋭い——」

黒木はうなずいた。あの男だ。病室で記者たちを追い返した男。若い医師に威圧的な物腰でいろいろ命じていた中年男。そして、一日一度は、この病院に顔を出して部屋をのぞいて行く不思議な男。彼に違いない。

黒木はその男の目にみつめられる度に、何か強い不安を覚えた。武早警部——。彼はただ遭難対策本部長として、自分を保護してくれているだけなのだろうか。

「すると五条さんは、彼の指令に反してぼくに会いに来られたわけですね」

「そうです」

「何のために？」

五条はうなずいて、風呂敷に包んだ箱をベッドの上に置いた。彼は振り返って、扉の方をうかがい、それから箱の中に手を入れて、四角な金属製の機械を取り出した。

「録音機じゃありませんか」

「ええ。トランジスター式のテープ・レコーダーです。すみませんが、このイヤホーンをどうぞ」

黒木は、彼の差し出したイヤホーンを耳に差し込んだ。

「回します」

と、五条は言い、再生のボタンを押した。音が流れだした。黒木は思わず顔をしかめた。ひどいノイズだった。男のぼそぼそと喋る声が、かすかに背後に聞える。

黒木は片方の耳を手でふさいで、イヤホーンに注意を集中した。喋っている男の口調には、聞き覚えがあった。どこで聞いた声だろう、と彼は考えこみ、不意に気づいて声をあげた。

「これは、ぼくじゃないか！」

五条は、うなずいて言った。

「ええ、そうです。あなたと、そして武早警部のオフ・レコードの対話ですよ」

「どうして、これを――」

「この番組の取材に、私は賭けていたんです。徹底的な取材をやる積りでした」

と五条は言った。彼の青年らしい光をたたえた目が、食い込むように黒木をみつめた。

「あなたが意識を回復した時、武早警部は取材陣を部屋から追い出そうとしましたね。あのどさくさにまぎれて、私は長時間にセットした録音機のレベルを一杯に上げて、マイクと一緒にあなたの寝台の下へ放り込んでおいたんです」

黒木は黙って相手をみつめていた。五条は立ちあがって熱っぽく喋り出した。

「後で掃除婦のおばさんから、録音機を持ち出してもらい、私はこのテープを、何回もくり返して聞きました。いや、何十回もです」

「それで？」

と黒木は呟いた。「それでどうなんです」

「そこには全く違った二つの事実が語られていました。だが、事実は一つしかないはずです。どちらかが嘘をついているとしか考えられません」

「どちらだと思います？」

「黒木さん――」

と、五条は黒木の前に膝をつき、彼の腕を強く握りしめた。そして、一語一語歯の間から押し出すような口調で言った。

「私が、知りたいのは、それなんです」

黒木は目をあげて五条を見た。五条の視線が、正面からはね返ってきた。その瞬間、黒木は、目の前にいる気負いこんだ青年と自分の間に、激しく通じ合う電流のようなものを感じた。

「ぼくは事実を語っただけだ」

と、黒木は低い声で呻くように呟いた。「ぼくは確に心理的なショックを受けているだろう。それは、ぼくが愛した生徒たち、もう数カ月で社会へ出て行く青年たちを、人生の出発点で死なせたことのショックだ。リーダーとしての責任は、ぼくにある。だが、彼らの死に関係があるものが、もうひとつあるような気がする。ぼくは、嘘はつかなかった。ぼくは黒い天使《ブラック・エンジェル》が落ちるのを見たんだ。そしてその機体の一部に彼らは安全に待避していたはずだ。ヌクビガ原の中央部付近に、一月三日の午後、大型の米軍用機が墜落した。その機体には、黒い天使《ブラック・エンジェル》の標識が描かれていた。その尾翼付近の胴体の一部に、ぼくらは二晩待避して天候の回復を待った。そして、五日の朝、ぼくは五人の生徒たちをその中に待たせて、救助を求めに出発したんだ。これは全部、事実だ。幻覚でもなければ、作り話でもない。黒い天使《ブラック・エンジェル》は、必ずヌクビガ原に存在する。でなければ、ぼくがこの目で見、この手で触ったあれは一体なんだ？　え？」

沈黙が続いた。高窓の外で陽が翳《かげ》った。五条の唇が動いて、ひび割れた声がした。

「B52です」

黒木は聞き返すように相手を見た。

「B52戦略爆撃機――」

と、五条はかすれた声で言った。「あなたが見た黒い天使《ブラック・エンジェル》とは、それなのです」

五条の目の中には、見る者をおびえさせるような、ある種の危険な火が燃えていた。それは、一つの仮説に賭けた人間の目の色だった。

その日、五条という地方ラジオ局の報道部員が帰ったのは午後三時頃だった。彼が帰ってしまうと、黒木はベッドに横になって、五条が語った大胆な仮説について考えをめぐらせ続けた。

五条の考えは、黒木にも納得できた。だが、どこかもう一つ、物足りない感じがした。五条は、自分の考えを、こんなふうに組み立てて見せたのである。

Q市の郊外に、自衛隊の航空基地Q飛行場があった。そこに航空自衛隊が設置される時、地元では強力な反対運動が行われた。爆音や、事故などの直接的な問題の外に、そこにはシベリアに面した裏日本の住民たちの、戦争に対する不安が敏感に反映していたに違いない。

数カ月前、そのQ飛行場にB52型戦略爆撃機が着陸する、という事件があった。共産党をはじめとする革新団体や、市民組織は、その問題を執拗に追及した。〈Q飛行場をベトナム爆撃の基地にするな〉というのが、そのスローガンだった。そのスローガンは、住民たちの日頃の不安にアッピールして、かなりの反響を呼んだ。その頃ちょうど滑走路拡張のための土地買収が難航している最中だった。市議会は、Q市の米空軍戦略基地化につながる飛行場拡張には協力しない、と声明を出した。市長も、事前の通告なしにＢ52が着陸したのは遺憾である、と自衛隊に抗議した。

航空自衛隊側の発表では、着陸したＢ52は飛行中突然のエンジン不調のため、その時もっとも近くにあったＱ基地に不時着したもの、と説明されていた。だが、その事件は、その後もずっと人々の心に、かすかな不安の翳を残していた。

隠し取りしたテープで、黒木の話を聞いた時、五条は何かピンとくるものがあった。彼の報道部員としての勘ではそこに一種のあたりを感じたのである。

彼の立てた仮説とは、こういうものだった。

米空軍は、以前のＵ2型機のかわりに、Ｂ52を使って、常時シベリア上空の超高度からの偵察を行っている。その日、ソ連側のミグ機に追跡され、被害を受けたＢ52は、Ｑ基地へ緊急不時着に失敗して、Ｈ山山系南端のヌクビガ原に墜落したのだ。黒木たち一行は、偶然にそれを目撃し、さらに道に迷って、その現場に待避した。

一方、Ｂ52の不時着連絡を受けた米空軍は、Ｑ基地を中心に、その行方を捜索し、上空からヌクビガ原の現場を発見した。四日に黒木たちが聞いた飛行機の爆音は、その捜索機のものであろう。米空軍にとって幸いだったのは、事故当日は雲が低く、冬期は全く無人地帯の山地に機が落ちた事である。飛行機墜落の目撃者からの連絡はなかった。そこで、米空軍は、Ｂ52の墜落を完全に闇から闇へ処理する事に決定したのではあるまいか。日本政府も、それを望んでいた。いたずらにジャーナリズムに報道され、国民の不安を誘発したり、野党から追及されたりする事は好ましい事ではない。両者の速かな協力のもとに〈黒い天使《ブラック・エンジェル》〉回収作戦が開始された。それは皮肉な事に、Q商高パーティー遭難のニュースが伝わった時期と、ほとんど同時だった。〈黒い天使《ブラック・エンジェル》〉回収機関としては、ヌクビガ原の現場を、孤立させる必要があった。白羊山遭難救援隊を、ストップさせなければならない。そこで彼らは、ヌクビガ原へ達する唯一のコース、猪谷新道の蛇ガ洞トンネルを、崖崩れに見せて爆破したのではあるまいか。黒木たちが聞いた一度きりの鈍い爆発音とは、その音に違いない。

一月五日夜。大がかりな回収作戦が開始された。風はやんでいた。黒木は崩れたトンネルの入口に倒れて、無数のヘリコプターの爆音を夢うつつに聞いていた。救援隊の最初のグループは速見部落のベース・キャンプへ引き返して眠っていた。

その夜、ヌクビガ原には、巨大な米軍大型ヘリコプターが続々とピストン輸送をくり返していたのだろう。あらゆる機械力と技術者を投入して、奇怪な深夜の〈黒い天使《ブラック・エンジェル》〉回収作戦が展開されたのだ。機内で発見された高校生たちは、彼らの手でどこかへ保護されたと考えられる。生徒たちの口から、残る一人の目撃者である教師が、猪谷新道へ向ったという情報を彼らは摑む。そして、直ちに指令が飛び、ある人物を通じて、その教師の救出が進められたに違いない。その最後の目撃者、黒木は意識不明の理想的な状態で発見され、ある人物の手で保護された。ある人物とは、もちろん、県警の武早警部である。彼は米軍機関の指令をうけて黒木を外界から遮断し、ノイローゼ患者としてこの病院に収容したのだ。

彼らの作戦は見事に成功した。ヌクビガ原に救援隊が一日おくれて到着した時、そこには何の痕跡も発見できず、只一面の雪原となっていた。地面はならされ、雪がまかれ、更にその上を自然の雪が仕上げをしたのだ。

米軍用機墜落のニュースは、新聞にも放送にも、全く現れなかった。B52が北陸山地に墜落したという事実は、こうして完全に消え去ってしまったのだった。だが、その事実を信じ、闇の中に葬られたニュースを再び掘り起こそうとする者もいる。自分は、それに賭けた一人なのだ。ぜひあなたに協力していただきたい。もしも、あなたが本当に〈黒い天使《ブラック・エンジェル》〉の墜落を見たのならば——。

五条という報道部員の想像力の逞《たくま》しさと、正確な推論は、黒木をひどく驚かせた。彼は五条に協力しようと思った。もし、彼の仮説が事実であったとすれば、あの江森や谷杏子たちは死んだのではないかも知れない。どこかに収容されている可能性もあるではないか。

黒木の心に不意によみがえったものがあった。彼は立ちあがって深い息をついた。激しい吹雪に逆らって進む時のような、強い緊張が身内にみなぎるのを、彼は感じた。

〈よし。やってみるぞ〉

と、黒木は呟いた。〈黒い天使《ブラック・エンジェル》〉を、もう一度、白日のもとに引き出してやろう、やつらの思いのままにあやつられてたまるものか。

病室の扉の覗き窓から、そのとき黒木をじっとみつめている鋭い目があった。だが、彼はそれに気がついていなかった。

4

黒木貢が、その病院を脱走したのは、一月末の深夜だった。

急な腹痛を訴えて看護人を呼び、いきなり相手を突き倒して、廊下の窓から飛び出したのである。あらかじめラジオＱＷの五条報道部員と、打ち合わせ済みの計画だった。国道の端で、五条の軽自動車が待機していた。

黒木が飛びこむと、五条は素早く車をスタートさせた。

五条昌雄の自宅は、Ｑ市のはずれにある新しい団地の四階にあった。彼らは車を離れた場所におき、五条の部屋へのぼって行った。

五条がブザーを押すと、金属のドアが開き、化粧をしていない若い女が顔を出した。

「おかえりなさい。おそかったわね」

と、その女は五条を見上げ、それから黒木を眺めて「どうぞ」と小さな声で言った。

「家内です」

と、五条が紹介した。黒木は頭をさげ、

「ご迷惑をおかけします」

「いいえ」

と、彼女は首を振った。だが、その表情の下を、ある不安の色がかすめたのを黒木は見逃さなかった。

その晩、彼は五条夫妻の隣室に寝た。目がさえて、朝方までいろいろ考え続けていた。隣室で、五条の妻が小声で何か囁いているのを彼は聞くともなしに聞いていた。

「おれが協力を頼んで、来てもらったんだぜ」

と、五条の押し殺した声が聞えた。「たとえ君が反対しても、この仕事だけはやる。おれは報道マンとして、あの人の話に賭けたんだ」

「それは、あなたの自己満足よ。もう済んでしまった事件をほじくり返して何になるの。それに、番組が出来ても局がオンエアするかどうか疑問だわ」

「オンエアするしないの問題じゃない」

「だから自己満足だって言うんだわ」

「静かにしろ。隣に聞える」

「五月には子供も生まれるっていうのに――」

あの谷杏子も結婚したらあんなふうに夫を責めるだろうか、と黒木は考えた。病院からの脱走で神経が疲れていたせいか、不意に涙が流れた。朝方うとうととし、江森と雪の中を歩いている夢を見た。


しばらくこの家にじっとしていて欲しい、と五条は言った。

「私は仕事のひまを見て、調査を進めます。あなたはご自分の記憶に残っている事をくわしくメモをしていただけませんか」

「いいですよ」

と、黒木は答えた。「この企画について、局の方にはもう話してあるんですか？」

「いや、まだです。下手に話すと途中で潰《つぶ》されるおそれがありますからね」

「もし完成しても、放送されない可能性もあるな」

「その場合は資料として残します。それが真実を伝えていれば、いつか、どこかできっと陽の目を見る事もありますよ」

「なるほど——」

黒木は、この地方ラジオ局の報道部員の考えかたに、マスコミ人の一種の覚悟を見たような気がした。

五条は局の仕事と並行して、執拗に彼自身の取材を行っていた。彼は帰宅すると、まずその日の調査の結果を黒木にしらせ、それから黒木が書いたメモを検討して次の取材目標を決めるのだった。

五条の調査では、次のような事実が少しずつ確認されはじめていた。

① 一月四日夜、八時二十分頃、速見部落の人々は、猪谷新道蛇ガ洞トンネルの方角に、鈍い爆発音を聞いた。部落の青年で、かつて黒部ダム工事現場で働いていた事のある某青年は、あれはハッパの音だ、と家族に語ったという。

② その日の晩、Q市の運動具店へスキー靴の注文に行った営林署の職員K氏は、帰途、自衛隊のものらしいジープ二台とすれちがった。時刻は午前零時を過ぎていた。そのジープは、速見部落とQ市を結ぶ道路を、かなりの速度で下って行った。後で聞いてみた所が、速見部落の人々は、そんなジープが部落へ来たことはないと

言った。
③　一月五日の夜、Q飛行場付近の住民は、一晩中ヘリコプターの爆音に悩まされた。ふだん見なれぬ巨大なヘリコプターが次々と発着して、深夜の飛行場は戦場のような騒ぎだった。
④　一月四日、五日の両日、全日空・羽田——Q市間の便は、全部欠航している。全日空営業所の説明では、上空の気象状態が悪いためという事だった。この航路は羽田から名古屋上空を経てQ市に向うコースで、ヌクビガ原の西方をかすめる航路である。
⑤　黒木の勤務先のQ商高では、黒木をノイローゼのため長期療養中と父兄達に語っている。また黒木が自殺を試みたという噂も流れていた。
⑥　蛇ガ洞トンネルが崖崩れで通過不可能のため、夏道を通ってヌクビガ原へ抜けようという案は、最初、武早救援対策本部長の命令で拒否された。雪崩のため二重遭難の危険があるという理由だった。だが、翌日、突然それが許可された。当夜五十センチ以上の降雪があり、なお降雪が続いていたため、ヌクビガ原の機体回収現場の痕跡が完全に隠されたと或る人物が判断したからではなかろうか。武早救援対策本部長は、救援活動全般にわたって、従来にない強力な統制力を行使し、そのため山岳会のメンバーは誰もが強い不満を示していたという。

「私の仮説は少しずつ証明されて来たようです」

と、五条は目を光らせて言った。彼の顔はこの数日、少しずつ頰がこけ、目がくぼんできている。それは五条の表情に、獲物に飢えた猟犬のような鋭さを加えていた。五条の妻は、そんな夫を、おびえたような目付きで見ていた。彼女にとって黒木は、夫を危険な賭けに誘い込む不吉な友人のように見えていたのだろう。黒木は終日、窓をしめ切った四畳半の部屋にとじこもり、生徒たちと共に体験した事件の記録を大型のノートに書き続けた。彼の頭の中には、五条の推論だけでは解消できない、ある得体の知れない疑惑が鎌首をもたげようとしていたのである。

黒木が五条のアパートに来てから一週間目の午後、彼は窓から見える道路に、一人の男の姿を見た。

それは精神病院で、彼が突き倒して逃げた、あの人の好い看護人の姿だった。その男は、雪の残った公団アパート横の道路を、さりげなく見回しながら歩いてきた。黒木は窓のレースのカーテン越しに、その男の行動を眺めた。看護人は、しばらくその辺をうろつき、やがて帰って行った。

〈もうここには居られないな〉

と、黒木は思った。〈脱走したノイローゼ患者を連れもどすのは、彼らの正当な権利だ。俺がどんなに抗議しても、誰も助けてはくれまい。しかも俺は、暴力をふるって病院を逃げ出している。兇暴性のある患者を、どう扱おうと、それは彼らの自由だ〉

その日、五条は夜おそく帰ってきた。彼はひどくいら立ち、消耗しているように見えた。

「何かあったんですか？」

と、黒木はきいた。五条は黙っていた。しばらくして、彼の妻が用事で外へ出ると、彼は黒木に言った。

「局の上の方が圧力をかけてきましてね。私が、あの事件を追い回してる事が、少しずつわかってきたんでしょう」

「どうしろと言うんです？」

「まあ、ご想像におまかせしますよ」

五条は額を掌で支えて、大きな溜め息をついた。「そんな事はどうでもいいんですが――」

「なにかほかに妨害でもあったんですか」

「県警が私の前歴を洗ってるらしいんです」

「前歴？」

「ええ」

黒木は黙っていた。それを聞くべきではなかった。

「学生時代に、いろいろとありましてね。それを会社に知らされるとまずいんです。放送局とは言っても個人会社みたいな所ですから、経歴詐称《さしょう》というやつで間違いなくクビでしょう。整理のチャンスを、隙あらばと窺《うかが》っている所ですから」

「武早警部でしょうか」

「たぶんね」

その時、五条の妻が帰ってきた。彼女は袋の中から、編みかけの毛糸のベビー服を取り出し、うっとりした口調で話しかけた。

「いま二階の水尾さんの奥さんにうかがってきたの。ゴムのおしゃぶりは、やはりいけないんですって。それから、幼児用ベッドのスプリングは――」

「うるさいな。俺たちはいま大事な話し中なんだ。そんな話は後にしてくれ」

彼女は、かすかに唇を開けて夫を見つめた。そして、ベビー服を膝の上におくと、不意に両手で顔をおおって泣きだした。

〈俺はこの家庭から出て行くべきだ〉

と、黒木は感じた。自分に二人の生活をかき乱す権利はないのだ、と考えた。

〈だが、俺はどこへ行けばいいのだろう？〉

黒木の頭の奥の暗い所に、しのび込むように或るイメージが浮びあがった。暗い、低い空。一面の雪の起伏、周囲をとりかこむ痩せた尾根。深い谷へ落ち込む急な斜面。

〈ヌクビガ原だ――〉

と、彼は呻いた。その雪原の起伏の間から、いくつかの顔が浮びあがった。江森。白井。木島。花村。そして谷杏子。

彼らは、無言のままに黒木を訴えるようにみつめていた。彼らの目が、黒木を招いているようにも思われる。不意に生徒たちの顔が消えた。そして黒い怪魚のひれのような巨大な尾翼と、折れた機体が見えた。その背後に黒い肌をした不吉な天使が、唇を曲げて微笑していた。

〈俺の行くべき所は、あそこしかないのだ〉

黒木は電流を通されたように、そう感じた。

その時、不意に何かが見えてきた。頭の中に、これまでもやもやと立ち込めていた霧が、切り裂くようにめくれて、何かが現れた。彼は、今はじめて判った、と思った。五条の鋭い想像力をしても捉えられなかった何かが――。江森や、谷杏子を消し、黒木自身を閉じこめ、五条の生活をおびやかし、武早警部を操っているもの、その正体を彼は今確に見た、と感じたのだ。彼が今なすべき事は、その直感を事実で証明し、事件の核心を露《あば》く事ではないか。黒い天使《ブラック・エンジエル》の無気味な微笑に、その時こそ彼は正面から挑む事ができるに違いない。

〈ヌクビガ原へ行かねばならない〉

と、黒木貢は心の中で呟いた。〈俺の戦いは、そこから始まるのだ。もし、この直感が正しければ、俺は想像もつかない巨大な怪物に独りで挑戦する事になるだろう。それが、あの黒い天使《ブラック・エンジエル》への俺の復讐なのではなかろうか〉

「五条さん」

と、黒木は静かな声で言った。「いろいろお世話さまでした。ぼくは明日、ここを出て行く事にしましたよ」

五条は唇を嚙んで頭をたれた。黒木は続けた。

「あなたは、やがて生まれてくる子供や、奥さんに対して一つの義務を負っています。この仕事だけが報道マンの仕事じゃない。後の事は、ぼくにバトン・タッチしてください。今度は、どうやらぼくの出番のようだ」

「ここを出て、どこへ行くんです?」

「ヌクビガ原へ行ってみます」

「ヌクビガ原へ——」

「ええ」

「何のために？」

「あなたの仮説の上に、ぼくは更にもう一つの仮説を重ねました。ヌクビガ原に行って、それを確認しなければなりません」

「それを確認して、それからどうするんです」

「五条さん。あなた、こんな文句をどこかで読んだ事はありませんか」

黒木は、一瞬、五条がおびえるような激しい感情を込めた声で呟いた。

「復讐はわれにあり。われこれをむくいん――」

5

黒木貢は腰まで埋まる雪を分けて、夏道を登っていた。朝まで吹きすさんでいた北風は、嘘のように静まっていた。時おり雲が切れ、その間に美しい青空が冷い肌を見せて輝いた。寒気は厳しかったが、雪崩の心配はなかった。

黒木は、急がずにゆっくり登った。背中のリュックの一部が、四角く飛び出していた。彼はそれを何か貴重品でも扱うかのような手付きで、時どき指で触れながら進んでいった。

正午ちかく、彼は夏道を抜け、ヌクビガ原の北端に達した。そこは小高い丘になっており、貧弱なブナの林があった。その丘の上に突っ立ったまま、彼は長い時間ヌクビガ原を見おろしていた。

陽がさすと、ヌクビガ原は雪の反射で素晴らしい光景を見せた。視界はどこまでもきいた。左手に白羊山がなだらかにそびえ、右の端に猪谷新道へ続くブッシュが黒く見える。東斜面も、今日は柔かに正面の谷へ傾斜しているように思われた。

黒木は、ヌクビガ原の中央部付近に、目をこらした。そこは、わずかな起伏が見えるだけで、ただ白一色の雪原の広がりだった。あの日、彼らが見た黒い天使《ブラック・エンジェル》の残骸は、全く見事に消え失せていた。そこに巨大な機体が散乱していた事が、黒木自身にさえも嘘のように思われた。

〈だが、あの事件は幻影ではない。今、それを俺が証明してみせるのだ〉

彼は背中のリュックに手を回し、四角く飛び出している部分に触れた。彼はそれを、大学時代の山岳会の仲間で今は母校の物理学研究所に残っている友人の津川に依頼し、借り出してきたのである。

彼は数日前、五条の家を出ると、Q市に近い港町で商売をやっている教え子を訪ねていた。その青年は、彼の頼んだ金を何にもきかずに用意してくれ、Q飛行場までライトバンで送ってくれたのだった。

「おれはこないだの遭難は先生が悪いんじゃないと思ってるよ」

と、その教え子は言った。「ああいう極限状態になると、体力よりも意志の強いものが生き残るのさ。先生は頑張り抜いて助かったが、他の連中は途中で参った。それだけさ。何も先生までが、彼らにつき合って死ぬ事なんかないじゃないか。おれは先生を悪く言う奴らに、そう言ってやるんだ」

黒木は黙って頭を下げ、その青年と別れた。彼の善意の誤解に、抗弁する気持はなかった。彼は人々に弁明するより、事実を事実として証明する事の方が先だと考えていたのだった。

その日、黒木はQ飛行場から全日空の羽田行きの便に乗った。彼は大学の物理学研究所を訪ねて、友人の津川に会う積りだった。津川に会って、彼からある機材を借り出してもらう、そのための上京だった。

Q飛行場は航空自衛隊のジェット機基地である。双発の民間航空機は、肩をすくめるように滑走路を走って離陸した。日本海の上空で南へ反転し、高度を上げる。地表をおおっている灰色の雲の層を突き抜けると、不意に視界が開けた。

爽かな陽光が雲海に降りそそいでいた。銀灰色の雲海からは、純白の山頂が輝いて見えた。白山だった。その南方に大日岳《だいにちだけ》の尾根がのぞく。ヌクビガ原は、雲に隠れていた。左前方に、御岳《おんたけ》、そして乗鞍。槍と立山連峰も白く輝いて望まれた。

プロペラ機は、静止して、空中に浮んでいるように思われた。雲海の上の、明るさと、静けさが、黒木には嘘のように感じられる。この平和な空の下に、本当にヌクビガ原があり、兇暴な吹雪があり、機構と組織の陰惨な企みが存在するのだろうか。

羽田に着くと、黒木はまっすぐ津川の研究所へ向った。津川は現在でも、夜の十時過ぎまで実験室にこもっていると言っていた。

津川は黒木を見て、ひどく驚いた様子だった。

「おまえ病気じゃなかったのか。おれは――」

と、津川は口ごもった。「おれはおまえさんがノイローゼで入院中だと聞いていたんだが」

「大丈夫だ。もうすっかり良いんだよ」

「でも、人相が変ったみたいだな。昔のおまえは、もっと坊ちゃん坊ちゃんした野郎だったがね」

「少し相談があって来たんだ」

と黒木は言った。「ちょっと奇妙なものを借りたいんだが、頼まれてくれるだろうな」

「おれに出来る事なら何でも」

と津川は微笑して黒木の肩を叩いた。

黒木は自分の用件を簡単に説明した。その目的については、適当にごまかしておかねばならなかった。この事件に津川を捲き込まないためには、彼は何も知らない方がいいのだ。津川は、黒木の依頼に奇妙な顔をした。

「そんなものを何に使うんだ」

「大した事じゃないよ」

「教師を止めて、鉱山師に転向でもする気かね」

「まあ、そんな所だろう」

しきりに首をひねりながらも、津川はそれを承知してくれたのだった。

「明日、午前中にもう一度来てくれ。こっちで用意しておくから」

「すまん。恩にきるよ」

次の日、研究所で、津川はそれを黒木に手渡してくれた。

「山はもうよせよ」

と、別れ際に黒木の目をのぞき込むようにして津川は言った。

「わかってる」

と黒木は答え、相手の目から視線をそらすようにしてうなずいた。

黒木はその荷物をボストンバッグに入れ、東京駅に向った。米原回り北陸線経由の切符を買い、新幹線の〈こだま〉のシートに坐ると、黒木はコントールを一錠飲み、目をつぶった。彼は充分な睡眠を取り、体のコンディションを整える必要があった。津川から借りた機材のはいっている黒いボストンを、彼は抱くようにして眠りはじめた。そのボストンの中には、四角な灰色の金属の箱と、一本の細長い棒が納められているのだった。それは、彼の仮説を証明するために是非とも必要なものだった。

そして昨日、彼は再びQ市にもどって来たのだった。東京で友人の津川に無理を言って借りてきた金属の四角な箱を、彼は大切に抱えて列車を降りた。そして、再び五条を訪ね、山の装備一式を借りてヌクビガ原へ出発したのである。

五条は彼を途中まで送るといってきかなかった。

「速見部落まで送らせてください」

と、彼は言った。「私は明日から飼い殺しの羊になる決心をした所です。編成局長に例の事件の取材を中止したと報告しましたよ。局長は武早警部からの調査書を見せて、私にこう言いました。今度から二度と面倒を起こしちゃいかん。この書類が私の手もとにある事を忘れるな、とね」

あの日、最初に精神病院の病室へ訪ねてきた時の五条の顔を、黒木は思い出した。その時、五条は張りのある生き生きした目の色をしていた。今、彼の前にいる少し猫背の青年は、そうではなかった。彼は、間もなく父親になるだろう。可憐な細君と育児の話をかわし、ハイライトを吸い、いつかは軽自動車を千CC以上の車に替えるだろう。そして、うまく行けば五年後にはローカル局の課長待遇ぐらいにはなっているかも知れない。しかし、それを責める気持を、黒木は全く持ってはいなかった。

〈ただ俺には、もうそんな生活にもどる道が失われているだけだ〉

と彼は考えた。速見部落で別れる時、五条はきいた。

「教えてください、一体あなたは私の仮説の上に、またどんな仮説をつけ加えたんです？」

「それは言えない」

と黒木は答えた。「そいつを言うと、あなたはまた奥さんを忘れて面倒な仕事をやりたくなるかも知れませんからね」

今になってみると、それを教えなくてよかった、と黒木は思う。言えば彼は必ず黒木に、ヌクビガ原への同行を迫ったに違いなかった。

黒木はヌクビガ原の北端に立って、さまざまな回想にふけっていた。時間にすれば十五分足らずの短い回想だったが、彼はその間、目に見えぬものを見ていた。

そのわずかの隙を狙っていたように、天候が急変したのだった。気がついた時には、もうさっきまで陽に輝いていた白羊の山頂が、すっかり雲におおわれていた。東斜面は、暗い無気味な傾斜の相を見せはじめていた。足もとを、すっと北西の風が吹き抜けたかと思うと、たちまち雪になった。白い雪煙が白羊山の山肌を駆け抜けて行く。

〈しまった〉

と、黒木は舌打ちした。それから、リュックを揺すりあげると、勢いよくヌクビガ原の中央をめざして突っ込んで行った。中央部まで、約一・五キロあまりのコースである。

〈二度と同じ失敗をくり返すんじゃないぞ〉

と、彼は自分に言いきかせた。だが、その天気の変りようは、異常なほどに早かった。風は一方からだけでなく、前後左右から激しく吹き出した。

粉雪が横に走りだした。雪煙が不意に足もとで起こり、体を包む。視界がさえぎられた。ヌクビガ原はもう一時間前のそれではなくなっていた。

〈後退すべきだ。天気はまたすぐに変るだろう〉

黒木は足跡をたどって、夏道の方へもどりはじめた。さきほどのブナの林までたどりつくと、彼は思わず溜め息をついた。

一時間後に、黒木は更に後退し、夏道寄りの岩蔭に雪洞を掘って坐っていた。外はすでに吹雪になっていた。黒木は雪洞の中で、冬眠する動物のように身動きもせずうずくまっていた。

彼はあの晩、黒い天使《ブラック・エンジェル》の機体の中で、生徒たちと抱き合って寝た事を思い出していた。

呻いていた谷杏子。パラシュートにくるまって眠っていた白井。イヤホーンで携帯ラジオを聞いていた江森。大男の花村と、小柄な木島。

〈あの時は、おれは独りじゃなかった〉

と彼は思った。だが、〈あの黒い天使《ブラック・エンジェル》の標識を見た時から、すべてが悪い方へ滑り落ちていったような気がする〉

黒木はリュックサックを開け、中から大型の厚いノートを取り出した。それは、五条の公団アパートに転がり込んでいた間、彼が書き続けた記録だった。

続いて一枚のビニールの風呂敷を下へしくと、リュックの中から重い金属の箱を取り出した。その箱は旧式の携帯用録音機ほどの大きさで、箱の外側には〈T大学物理学研究所〉と白い塗料で書いてある。

その二つを並べて置くと、黒木は安心したように雪洞の中に横になった。ひどく眠かった。それも無理はない。昨夜は、ほとんど眠っていないのだ。このところ、不眠が続いていた。眠れるうちに眠っておこう、と彼は考えた。

夢を見ていた。黒木は、武早警部と二人だけで放送局の廊下で喋っていた。

〈君の前歴を調べたぜ〉

と武早警部が言った。〈おとなしくしないと学校に報告するかもしれんよ〉

〈こっちだってお前の前歴を調べたんだ。そっちが変な真似をしたら、ただじゃ済まなくなるぜ〉

〈おれが何だと言うんだ〉

〈お前は黒い天使《ブラック・エンジェル》の手先さ。隠してもわかっているのさ〉

〈黒い天使《ブラック・エンジェル》だと？　彼の正体を君は知ってるのかね〉

〈ああ。やっとな〉

〈言ってみたまえ〉

〈それは——〉

〈言えないのかね〉

〈確認してからだ。はっきり証明できたら俺はある人にその資料を渡す。彼は国会のある委員会に、それを持ち出すことになるだろう〉

武早が両手をひろげた。彼は黒木の首をつかんで両手で強くしめつけた。

〈殺されたってやめないぞ！　やめるもんか！〉

そこで目が覚めた。黒木は立ちあがって外をのぞいた。雪と風が、どっと舞い込んだ。このまま夜になるのだろうか、と黒木は思った。ヌクビガ原は、まるで悪意をもって彼を立ち入らせまいとしているように荒れていた。

その日、ついに吹雪はやまなかった。激しく荒れ狂う風と雪とを見ていると、黒木は黒い天使《ブラック・エンジェル》の挑発的な企みを感じた。

〈さあ、こい。この位の吹雪がなんだ。思い切って出てきてみろ〉

吹雪が、そんな事を叫んでいるような気がした。

ある強い衝動が、黒木の体の中で燃えていた。彼は外の事を考えることで、それを意識すまいと努力した。だが、やはり駄目だった。

黒木は立ち上って、リュックにノートをつめた。それから荷物の一番上の所に、東京から持ってきた金属の箱をのせ、その上からビニールの風呂敷をかけた。

時間はすでに夜の八時になっていた。黒木は靴のひもをしめなおし、リュックを背負って、吹雪の只中へ転がり出た。叩きつけるような重い風がきた。刃物のような白い雪煙が走る。彼はブナの林を過ぎ、ヌクビガ原の方向に一歩を踏み出した。

かつて黒い天使《ブラック・エンジェル》が落ちていたヌクビガ原中央部をめざして、黒木貢は突き進んでいった。背中に背負った金属の箱をリュックの上から何度となく確めながら、彼は吹雪と闘い続けて進んだ。

〈たしか、この辺に違いない〉

彼は背中のリュックを吹雪の中におろした。ビニールの風呂敷を取り、金属の箱を取り出した。その金属の細長い箱には、革のベルトがついていた。彼はそれを右肩にかけた。そして左手で、箱の付属品らしい金属の棒を握って、あたりの雪の表面に突きさした。黒木は粘り強くその作業を続けた。リュックを背負って少し移動すると、やはりそこでも、前と同じような動作をくり返した。

黒木は吹雪の中で、物に憑かれたように歩き回っていた。突風に押し倒され、窪地に足を取られ、飛雪に視界を奪われながらも、彼はあきらめなかった。そして、彼は気づかぬままに、危険な東斜面に近づいて行こうとしていた。

足を踏み外した時、黒木は吹雪の中に体がふわりと浮いたように感じた。続いて強い衝撃がきた。彼は頭の方から雪の中に叩きつけられた。

〈まずい！　東斜面に出たんだ！〉

黒木は、瞬間的にこう思った。体をおこすと左の鎖骨が折れ、右足首を捻挫しているのがわかった。

〈くそ！　このくらいでくたばるもんか！〉

彼は金属の箱と棒を、しっかり抱きかかえたまま倒れていた。リュックサックは、どこへ飛んだか見当らなかった。手にぶらさげていたのが悪かったのだ。今、彼に残されたものは、傷ついた体と、その金属箱と棒だけだった。

黒木は痛みを耐えて立ち上り、慎重に移動してブッシュのある緩い斜面に出た。足首が自由にならず、体のあちこちがきしんだ。風も雪も、いっこうに衰える気配はなかった。

〈ブラック・エンジェルめ！〉

と彼は声に出さずに唸った。〈どこにいるんだ、お前は？〉

彼は金属の棒をあたりに突きさしながら、ようやく東斜面を脱け出した。そして、再びヌクビガ原の中央部と思われるあたりへ、歯をくいしばって進んで行った。やがて体が凍《い》てついたように固くなってきた。目の奥に、何か赤っぽい球のような斑点が見え出した。強い風に叩きつけられると、簡単に吹き倒されてしまうのだ。

〈体が参ってきたんだな〉

と、彼は思った。〈まだ意識のほうは、はっきりしているらしい〉

倒れては起き上って黒木は進んだ。

〈黒い天使《ブラック・エンジェル》のいたのはどこだ？　どこなんだ？〉

渦状の風が不意に彼をおそった。黒木はほとんど無抵抗のままに、雪の中に叩きつけられた。倒れたはずみに後頭部を強く打ち、一瞬黒木は気を失いかけた。

雪の中に倒れたまま、彼は怒りと絶望に体を震わせた。

〈おれは遂にそれを確めないで死ぬのだろうか〉

その時、黒木貢は頭の端で、軽くアルミ皿の底をはじくような音を聞いたような気がした。彼は耳をすました。だがきこえるのは、風の音だけだった。しかし、しばらく間をおいて、その音をまた黒木は聞いた。彼は痛みも忘れてはねおきた。目の前に、例の金属の箱があり、棒が転がっていた。鳴っているのは箱だった。乾いた連続音が、今度ははっきり聞えた。黒木の心の中を、吹雪より更に激しいものが吹いて過ぎた。彼は鳴りつづける箱を腕にかかえ、細い金属の棒を、そのあたりの雪の中に力いっぱい突きさした。箱の中で一そう激しい音が起こった。

〈こいつだ！　こいつがそれなんだ〉

黒木は今、あの黒い天使《ブラック・エンジェル》が抱いていたものの正体を、はっきり見たと思った。あの黒いＢ52戦略爆撃機が抱えていたのは、それだった。その正体を知られたくないためにこそ、米軍はあの大がかりな作戦をヌクビガ原に展開したのだろう。それを抱えたブラック・エンジェルが、常時この列島とシベリア大陸の上空を飛びつづけていることは、何としてでも闇の中にとじこめておかねばならない問題だったのだ。だが、彼らは失敗した。すべてを回収しても、なお回収しきれないものがここにある。これは黒い天使の血痕ではないか。それが残していった消えない放射能は、今このガイガー・カウンターを激しく連打している。それは地上のすべてを永遠の墓地に変えてしまう〈死の核〉の鼓動だった。金属の箱は、吹雪の中で、放射能の強烈さを示しながら、激しく鳴り続けていた。

〈おれは奴を捕えた。おれは今あの黒い天使《ブラック・エンジェル》が、何を抱えてここに落ちたかを知っている。今からおれの本当の復讐が始まるのだ。消された事実を、もう一度呼び返してやる。江森のために。木島のために、白井のために、花村のために。そして谷杏子と、おれのために。あの五条と、その生まれてくる子供らのために――〉

　意識の奥で呟きながら黒木は雪の中にがくりと膝を折った。それからスローモーション・ビデオのようにゆっくりとうつぶせになった。そして彼はそのまま動かなくなった。

「眠い――」

　と、黒木貢は呟いた。それきり、彼の唇は閉じた。

　不意に風がやみ、湿った雪が垂直に黒木の上に落ちはじめた。夜のヌクビガ原は、死んだように静かだった。黒木の腕の中のガイガー・カウンターだけが、雪の中で無気味に鳴りつづけていた。

解説

山内亮史

一

もう四十年前になるのか。

私は一九六七年、青春の降り口で「蒼ざめた馬を見よ」という小説とその作者である五木寛之という表現者に嚙まれたのであった。

そう、この小説の主人公である鷹野隆介が十七歳の夏にミハイロフスキイに嚙まれたように、である。

ちなみに小林秀雄がランボーにいきなり殴られたと書いたように、五木寛之は「ガウディの夏」においてもこの稀代の建築家との出会いについて嚙まれたといういいまわしを使っている。

以後も「蒼ざめた馬を見よ」とこの作者の初期作品群は、手にすると眼を離せなくなり、私の心中に棲みついたのである。そこにちりばめられている思想や情景、そして曲名や書名でさえ、何かの折、せり上がってきて私を驚かせた。
妙な読み方だったかもしれないが、「蒼ざめた馬を見よ」に私が震撼した理由は、五木寛之が時代に仕掛けた、あまりにも鮮やかな「おとしまえ」のつけ方であったと思う。
いってみれば、試合を組んでもらえないボクサーが、それでも地味で苦しい体力づくりとトレーニングに黙々と明け暮れ、いきなりタイトル戦でKO勝ちデビューを果たしたようなかたのつけ方であったことである。
「〈おれはいったい何者だろう？　誰のために、いや、何のためにこんなことをしているのか？　自分のため、ただそれだけなのだろうか？〉
彼はふと、自分が大きな掌の上であやつられて踊っている人形のような気がした。それはいやな感覚だった」（P42）
これは主人公鷹野隆介が「だめだまずいことになる」という一種の転落感を覚えながらも、ソ連では出版できない老作家の幻の原稿を入手するという仕事を引き受けてしまう前半の独白である。これは「青春の門」をくぐった末の私の、当時の実感でもあった。
「バルカンの星の下に」の宗谷氏、「赤い広場の女」の私、「天使の墓場」の黒木、彼らも鷹野隆介と同じく「生活のことを考える」年齢にありながら半ば余儀なく、半ば意志的に状況の中に身を入れるのである。そして「夜の斧」の森矢助教授はその戦時体験故に、安寧な生活は暗転する。

五木寛之もまた同年同月同日生まれの石原慎太郎や、高橋和巳、江藤淳、そして大江健三郎等の華々しい活躍を見ながら、食いつなぐことと、溢れるような思念の行き場との間をメディア業界の底辺で渡っていたのである。

後に五木寛之は、このデビューの頃のことを「何かを言わずにはいられない気持ちが喉元までこみあげてきて苦しいほどだった。ソ連について、社会主義について、ロシア人について、日本人について、そして自分とこの時代について、人間について、さまざまな物言いたい気持ちが体じゅうにつまって、ぶつぶつ泡立っていたのだ」と語っている。

従ってこの作品はまずもって、自己の才能を信じようとする若い作家の自己存在証明の迫力に満ちていたのである。

その頃、私は大学院で入院生活（私達は互いをそう呼んでいた）を送っていた。一方でなんで彼らはこんなに簡単に外国の女を愛せるのだと羨みながらも、他方、先き行きはどうあれ、身を入れて勉強しようと何故か思ったのである。

二

当然ながら本書は、第56回直木賞を受賞し五木寛之の作家としての評価を定めた記念碑的作品であり、代表作の一つである。

語り手《ストーリーテラー》としての抜群の力量、鋭い時代感覚と批評眼、硬軟両様の文体、底流にある深い人間性とロマンの香気……。この作品はこれら五木寛之という作家の美質が惜し気もなく注ぎ込まれ、練り上げられたきわめて完成度の高い作品である。そして四十年を経てなおそのアクチュアルな輝きを失っていない。

しかし、真に評価されるべきは、時代の思想的課題を丸ごと引きずり出して物語を構成し、これを圧倒的多数の読者に読ませようという使命感にも似た五木寛之の方法の探究の深さと、そのための教養のストックの質量の確かさである。

この作品は、ハードボイルド小説として、ミステリー小説として、一種の教養小説として、と多様な読み方が可能である。だが私は、戦後思想と戦後文学の最良の成果である文学作品として読んだのである。

そのことは五木寛之が自らを「戦後の思想表現の時代の子」といっており、「政治を抜きにして物事は考えられないぞ、艶歌ひとつ書くのでも、自由民権運動の時代の芸人の根性だけは忘れまいぞよというのがぼくらの世代なんだ」（「風の対話」）

という発言からも確かめることができる。

というのは、この初期作品集はすべて埴谷雄高の次の言葉――「あらゆる時代に、その時代を象徴化するところの暗い死のかたちがある。……この戦後の精神の上におろされた『集団的な死』のかたちも、何時かは誰かによって一つの堅固な骨組みをもった長篇小説として描かれねばならぬ」(「埴谷雄高作品集8」)という重い課題を扱っているからである。テーマは「戦争と人間」である。それは「自由とパンと権力」の問題に行きつく難行道(埴谷)である。

五木寛之のすごさは、この道を「ステレオタイプの文体、手垢のついた形容句、月並みな描写、メロドラマチックな構成、アドリブ的な進行、自明の理のように否定される物語性、そのような『穢《けが》れたものの一群』」をひきいて量として表現しようとするところにある。

何故か? それを語るには当時の思想状況をスケッチしなければならない。

六〇年代を通して進行した高度経済成長は、これまで体制から外れた存在であった労働者階級を社会内部に〈大衆〉として定位させ、同時に産業組織のホワイトカラーを新中間層として体制内にこれも〈大衆〉として転化させた。この大衆社会状況に最も鋭く思想的に反応したのが、社会科学では松下圭一であり、文学では五木寛之であった。

五木は久野収との対話でいう。

「今われわれを音もなく犯しつつある恐るべき大衆文化の現実にひたと目を据えて真正面から取り組んで、そこに一つのサブカルチャーの革命運動が発火すれば、えらく生き生きとリズミックな状況が現出するんじゃないか」

と。その担い手はどこかヌエ的な、知的ダブルスパイの相貌を帯びる。

これを私は当時、彼の「工作者宣言」と読んだ。ヴェトナム戦争、文化大革命、プラハの春、学園闘争、沖縄問題……、日本と世界は大変革の中にあった。

「大衆に向かっては断乎たる知識人であり、知識人に対しては鋭い大衆である」工作者（谷川雁）。その工作者が出没するフィールドは遊撃隊のいるマスコミである。

Q新聞のジャーナリスト鷹野隆介、そして「この番組の取材に、私は賭けていたんです。徹底的な取材をやる積りでした」と核兵器を積んで墜落した黒い天使《ブラック・エンジェル》＝B52米軍戦略爆撃機の行方を黒木に問う記者五条、彼等は五木の工作者の化身である。

さらに表題作の冒頭、鷹野は上司に「あなたは、言論は無条件で自由でなければならん、と強硬に主張されたそうだ」と、彼の組合活動を問われるシーンがある。

後に五木はアナーキズムの基本的パトスは自由にあることにふれている。それは「何よりも肉体から発する希求で」「制度的管理と衝突する……その毒を内包したまま共存する思想を発見できずに、排除することによって偽りの健康体をめざしたところにソ連共産主義の挫折はあった」(「風の記憶」)と。

五木は六〇年安保と七〇年安保の境界期、日本が経済的にも軍事的にもアジアの盟主になろうとする国家権力の衝動を批判し、返す刀で左翼のスターリニズムを批判しようとしたのである。

三

それにしても五木は、なぜこんな戦略を方法化して文壇に登場したのだろうか。その答えを本書の引用からみるに如くはない。

「〈蒼ざめた馬を見よ〉に関するパブリシティは、テレビ、ラジオなどの媒体にまで驚くほど巧妙に波及して行った。……それほど組織的に、また強力に、しかも急速に……」(P79)

「ミハイロフスキイの文体、用語、比喩、会話にいたるまで徹底的に研究させてね。ここで巨大な電子計算機が果した役割りを軽視してはいけません」(P92)

といった引用で明らかなように、一度、国家権力が情報操作に動くと大衆は容易にファシズムとスターリニズムに囲まれてゆくからである。そして日本は不気味な管理国家の性格を見せはじめていた。

「天使の墓場」の正義感に満ちた若い記者五条にも「県警が私の前歴を洗ってるらしいんです」と権力作用の自己規制が働く。

これに抗するには、新たに登場したサブカルチャーのカウンターパワーが必要である。マスメディア、情報産業、このフィールドを方法化することなしに大衆をつかむことはできない。

多くの知識人や政党が大衆を啓蒙・指導の対象として押しとどめ、前衛対一般大衆の図式であれこれ論じるなか、大衆を社会変革の主体としてつかみ切ろうとする五木の提起は貴重であった。

そのための精進は尋常ではない。五木はロープシン、シニヤフスキーなど現代ロシア文学の作品はもとより、「近代文学」の作家たちや種々の芸術論、文学論を読み込み、作品の中で自在に使っている。

思想というものが「認識と価値観と実践意志との微妙なしかし首尾一貫した結びつきであり、それを考えぬく態度」（日高六郎）であるとすれば、五木寛之は思想を生きていた。この作品群の後、「わが心のスペイン」から「戒厳令の夜」に至るのは必然であった。

私の読み方に誤解があってはいけない。五木の「おとしまえ」は自分の精進の切れ味を試すために本書を書いたことにあるのではない。

「私たちは、人間が見てはならない蒼ざめた馬を見てしまった世代なのだ。それは数限りない死の影です」（P20）

それを書くためであった。

作者は〈焼き日ですよう〉という奇妙な言葉を「蒼ざめた馬を見よ」の後半にくり返し挿入させている。

この言葉は「当時、十二歳だった鷹野とその家族は、敗戦と同時に延吉から南下して、その街で長い当てのない冬を過していた」ときに発生したいまわしい死の記憶に結びついている。そして同時にこれは、後に「運命の足音」にまで至る五木の持続低音である。

しかし「彼はそのいまわしい記憶から目をそらさず、見てはならない世界を見てしまった人間として生きる事を決めた」（P33）のである。

五木は、この本を書いた同年十月「われらの歴史」という小論を書き「引揚史」「学童疎開史」「昭和戦災史」「戦後非行史」を欲しいと言い、「私なりの歴史に賭けてみたいと思う」と結んでいる。一方にある歴史の定説、しかし無数の一回性の個人の記憶こそにしかない真実もある。

五木はこの「蒼ざめた馬を見よ」という本を、「赤い広場の女」のリューバのウクライナでの六歳の体験、そして鷹野を通した自己の十二歳を歴史から救い出すためにこそ書いたのである。それは歴史学でも社会科学でもなく、文学でなければならなかった。

四

七〇年代に五木は、「米ソの冷戦が終るとかつてない反動の季節が来る」と予言していたが、この「蒼ざめた馬を見よ」と初期作品集に孕まれている主題は、今こそ、新しく若い世代に届けられなければならないと、切に思う。

もし私のこの作品集への視点が、過度に作者の思想性に焦点が当りすぎていたら、若い読者よ、許されよ。それよりも底流に流れる「青春の憂愁」に思いを委ねて読んでほしい。

「蒼ざめた馬を見よ」の前半、夜のとばりのレニングラードで鷹野隆介は「美しいネヴァ！」と叫んでオリガが詠ずるプーシキンの「青銅の騎士」を聞く。

「われは愛す　ネヴァの力強き流れを
岸辺のみかげの石を
刻まれたる鉄の飾りを」

こぼれ出た五木寛之の詩心である。プーシキンは若くして決闘で死んだ男である。

「この世で死ぬのはむずかしくない

人生をつくることの方が
　遥かにむずかしい」

　このエピグラフは五木寛之が好きなロシアの詩人エセーニンが自殺したとき、マヤコフスキーが書いたものである。そしてそのマヤコフスキーも自殺した。畏友工藤正広によれば、死の席へ駆けつけたパステルナークはマヤコフスキーの死において「詩人の中の『国家の死』をこそ見た」という（工藤正広「パステルナークの詩の庭で」）。

　パステルナークは生きのびなければならなかった。それが可能だったのは彼が内面に「園生」を所有していたからだという。

　青春の終りに詩《うた》と別れて、

「さらば熱い夢、冷たい現実よ、来るがいい」（シェークスピア）

　こう言い切って生活をやさしく迎えることが出来たらどんなにいいだろうか。それを可能にする「園生」の花は何か？　作品の人物たちは、過去を見つめながら、様々な愛の形で自分を支えている。

　青春《ユーノスチ》はそのようにして体中のどこかに生息してゆく。

　十二歳で「見てはならない世界を見てしまった」人間は、どのように襲いかかるニヒリズムと闘い、詩を、そして「園生」を胸底に保持しえたのだろうか。五木寛之は、塚本邦雄との対談でフランクルの「夜と霧」にふれ、「裸にされてガス室に行進する途中で、ふと下を見て、何か小さな草花が咲いているのに気づき、『あの草なんだろう』と見ることのできた人は、ひょっとしたら精神的にダメにならずに生きのびられたかもしれないと、そういうような感じがするんです」（五木寛之対話集「正統的異端」）といっている。

その小さな草花は、ロシアの草原《ステーピ》に咲く青い花《シニャーク》、忘れな草であって欲しい。

（旭川大学学長）

本書は昭和四十九年七月に刊行された文春文庫『蒼ざめた馬を見よ』の新装版です。なお、改版にあたり、旧版に収録されていた「弔いのバラード」を「夜の斧」に差し替えました。

初出
蒼ざめた馬を見よ「別冊文藝春秋」九八号（昭和四十一年十二月）
赤い広場の女「旅」（昭和四十二年三月号）
バルカンの星の下に「小説新潮」（昭和四十四年一月号）
夜の斧「別冊文藝春秋」一〇二号（昭和四十二年十二月）
天使の墓場「別冊文藝春秋」九九号（昭和四十二年三月）

文春文庫

蒼《あお》ざめた馬《うま》を見《み》よ

定価はカバーに表示してあります

2006年12月10日　新装版第1刷
2025年7月25日　第6刷

著　者　五《いつ》木《き》寛《ひろ》之《ゆき》

発行者　大沼貴之
発行所　株式会社 文藝春秋

東京都千代田区紀尾井町 3-23　〒102-8008
TEL 03・3265・1211㈹
文藝春秋ホームページ　https://www.bunshun.co.jp

落丁、乱丁本は、お手数ですが小社製作部宛お送り下さい。送料小社負担でお取替致します。

印刷・TOPPANクロレ　製本・加藤製本　Printed in Japan
ISBN978-4-16-710033-9

文春文庫　ロングセラー小説

（　）内は解説者。品切の節はご容赦下さい。

林　真理子
不機嫌な果実
三十二歳の水越麻也子は、自分を顧みない夫に対する密かな復讐として、元恋人や歳下の音楽評論家と不倫を重ねるが……。男女の愛情の虚実を醒めた視点で痛烈に描いた、傑作恋愛小説。

は-3-20

伊集院　静
羊の目
男の名はサイレントマン。神に祈りを捧げる殺人者――。戦後の闇社会を震撼させたヤクザの、哀しくも一途な生涯を描き、なお清々しい余韻を残す長篇大河小説。（西木正明）
い-26-15

小川洋子
猫を抱いて象と泳ぐ
伝説のチェスプレーヤー、リトル・アリョーヒン。彼はいつしか「盤下の詩人」として奇跡のように美しい棋譜を生み出す。静謐にして愛おしい、宝物のような傑作長篇小説。（山﨑　努）
お-17-3

角田光代
対岸の彼女
女社長の葵と、専業主婦の小夜子。二人の出会いと友情は、些細なことから亀裂が入るが……。孤独から希望へ、感動の傑作長篇。ロングセラーとして愛され続ける直木賞受賞作。（森　絵都）
か-32-5

森　絵都
カラフル
生前の罪により僕の魂は輪廻サイクルから外されたが、天使業界の抽選に当たり再挑戦のチャンスを得る。それは自殺を図った少年の体へのホームステイから始まって……。（阿川佐和子）
も-20-1

有吉佐和子
青い壺
無名の陶芸家が生んだ青磁の壺が売られ贈られ盗まれ、十余年後に作者と再会した時――。壺が映し出した人間の有為転変を鮮やかに描き出した有吉文学の名作、復刊！（平松洋子）
あ-3-5

太宰　治
斜陽《しゃよう》 人間失格《にんげんしっかく》 桜桃《おうとう》 走《はし》れメロス 外七篇
没落貴族の哀歓を描く「斜陽」、太宰文学の総決算「人間失格」、美しい友情の物語「走れメロス」など、日本が生んだ天才作家の代表作が一冊になった。詳しい傍注と年譜付き。（臼井吉見）
た-47-1

（　）内は解説者。品切の節はご容赦下さい。

横山秀夫
クライマーズ・ハイ
日航機墜落事故が地元新聞社を襲った。衝立岩登攀を予定していた遊軍記者が全権デスクに任命される。組織、仕事、家族、人生の岐路に立たされた男の決断。渾身の感動傑作。（後藤正治）
よ-18-3

伊坂幸太郎
死神の精度
冴えない会社員、昔ながらのやくざ、恋をする青年……真面目でちょっとズレた死神・千葉が出会う、6つの人生を描いた短編集。著者の特別インタビューも収録。

い-70-3

奥田英朗
イン・ザ・プール
プール依存症、陰茎強直症、妄想癖など、様々な病気で悩む患者が病院を訪れるも、精神科医・伊良部の暴走治療ぶりに呆れるばかり。こいつは名医か、ヤブ医者か？　シリーズ第一作。

お-38-1

黒川博行
後妻業
結婚した老齢の相手との死別を繰り返す女・小夜子と、結婚相談所の柏木につきまとう黒い疑惑。高齢の資産家男性を狙う〝後妻業〟を描き、世間を震撼させた超問題作！（白幡光明）
く-9-13

恩田　陸
木洩れ日に泳ぐ魚
アパートの一室で語り合う男女。過去を懐かしむ二人の言葉に、意外な真実が混じり始める。初夏の風、大きな柱時計、あの男の背中。心理戦が冴える舞台型ミステリー。（鴻上尚史）
お-42-3

柚木麻子
ナイルパーチの女子会
商社で働く栄利子は、人気主婦ブロガーの翔子と出会い意気投合。だが同僚や両親との間に問題を抱える二人の関係は徐々に変化して——。山本周五郎賞受賞作。（重松　清）
ゆ-9-3

篠田節子
冬の光
四国遍路の帰路、冬の海に消えた父。家庭人として企業人として恵まれた人生ではなかったのか……足跡を辿る次女が見た最期の景色と人生の深遠が胸に迫る長編傑作。（八重樫克彦）
し-32-12

（　）内は解説者。品切の節はご容赦下さい。

村上春樹
色彩を持たない多崎つくると、彼の巡礼の年
多崎つくるは駅をつくるのが仕事。十六年前、親友四人から理由も告げられず絶縁された彼は、恋人に促され、真相を探るべく一歩を踏み出す――全米第一位に輝いたベストセラー。
む-5-13

川上未映子
乳《ちち》と卵《らん》
娘の緑子を連れて大阪から上京した姉の巻子は、豊胸手術を受けることに取り憑かれている。二人を東京に迎えた「私」の狂おしい三日間を、比類のない痛快な日本語で描いた芥川賞受賞作。
か-51-1

吉田修一
横道世之介
大学進学のため長崎から上京した横道世之介十八歳。愛すべき押しの弱さと隠された芯の強さで、様々な出会いと笑いを引き寄せる。誰の人生にも温かな光を灯す青春小説の金字塔。
よ-19-5

重松　清
小学五年生
人生で大切なものは、みんな、この季節にあった。まだ「おとな」でないけれど、もう「こども」でもない微妙な年頃を、移りゆく四季を背景に描いた笑顔と涙の少年物語、全十七篇。
し-38-8

角田光代
空中庭園
京橋家のモットーは「何ごともつつみかくさず」……普通の家族の表と裏、光と影を描いた連作家族小説。第三回婦人公論文芸賞受賞、小泉今日子主演で映画化された話題作。（石田衣良）
か-32-3

森　絵都
風に舞いあがるビニールシート
自分だけの価値観を守り、お金よりも大切な何かのために懸命に生きる人々を描いた、著者ならではの短編小説集。あたたかくて力強い6篇を収める。第一三五回直木賞受賞作。（藤田香織）
も-20-3

原田マハ
キネマの神様
四十歳を前に突然会社を辞め無職になった娘と、借金が発覚したギャンブル依存のダメな父。ふたりに奇跡が舞い降りた！壊れかけた家族を映画が救う、感動の物語。（片桐はいり）
は-40-1

（　）内は解説者。品切の節はご容赦下さい。

又吉直樹
火花
売れない芸人の徳永は、先輩芸人の神谷を師として仰ぐようになる。二人の出会いの果てに、見える景色は。第一五三回芥川賞受賞作。受賞記念エッセイ「芥川龍之介への手紙」を併録。

ま-38-1

村田沙耶香
コンビニ人間
コンビニバイト歴十八年の古倉恵子。夢の中でもレジを打ち、誰よりも大きくお客様に声をかける。ある日、婚活目的の男性がやってきて——話題沸騰の芥川賞受賞作。（中村文則）
む-16-1

宮下奈都
羊と鋼の森
ピアノの調律に魅せられた一人の青年が、調律師として、人として成長する姿を温かく静謐な筆致で綴った長編小説。伝説の三冠を達成した本屋大賞受賞作、待望の文庫化。（佐藤多佳子）
み-43-2

瀬尾まいこ
そして、バトンは渡された
幼少より大人の都合で何度も親が替わり、今は二十歳差の〝父〟と暮らす優子。だが家族皆から愛情を注がれた彼女が伴侶を持つとき——。心温まる本屋大賞受賞作。（上白石萌音）
せ-8-3

姫野カオルコ
彼女は頭が悪いから
東大生集団猥褻事件で被害者の美咲が東大生の将来をダメにした〝勘違い女〟と非難されてしまう。現代人の内なる差別意識に切り込んだ社会派小説の新境地！　柴田錬三郎賞選考委員絶賛。

ひ-14-4

馳　星周
少年と犬
犯罪に手を染めた男や壊れかけた夫婦など傷つき悩む人々に寄り添う一匹の犬は、なぜかいつも南の方角を向いていた。人と犬の種を超えた深い絆を描く直木賞受賞作。（北方謙三）
は-25-10

綿矢りさ
かわいそうだね？
同情は美しい？　卑しい？　美人の親友のこと本当に好き？　滑稽でブラックで愛おしい女同士の世界。本音がこぼれる瞬間を描いた二篇を収録。第六回大江健三郎賞受賞作。（東　直子）
わ-17-2

（　）内は解説者。品切の節はご容赦下さい。

平野啓一郎
本心
急逝した最愛の母を、AIで蘇らせた朔也。幸福の最中で自由死を願った母の「本心」を探ろうとするが、思いがけない事実に直面する――愛と幸福、命の意味を問いかける傑作長編。

ひ-19-4

中島京子
長いお別れ
認知症を患う東昇平。遊園地に迷い込み、入れ歯は次々消える。けれど、難読漢字は忘れない。妻と3人の娘を不測の事態に巻き込みながら、病気は少しずつ進んでいく。（川本三郎）
な-68-3

三浦しをん
まほろ駅前多田便利軒
東京郊外〝まほろ市〟で便利屋を営む多田のもとに、高校時代の同級生・行天が転がりこんだ。通常の依頼のはずが彼らにかかると、ややこしい事態が出来《しゅったい》して。直木賞受賞作。（鴻巣友季子）
み-36-1

桐野夏生
グロテスク（上下）
あたしは仕事ができるだけじゃない。光り輝く夜のあたしを見てくれ――。名門女子高から一流企業に就職し、娼婦になった女の魂の彷徨。泉鏡花文学賞受賞の傑作長篇。（斎藤美奈子）
き-19-9

森見登美彦
熱帯
どうしても「読み終えられない本」がある。結末を求めて悶えるメンバーは東奔西走。世紀の謎はついに……。全国の10代が熱狂、第6回高校生直木賞を射止めた冠絶孤高の傑作。

も-33-1

千早　茜
神様の暇つぶし
夏の夜に現れた亡き父より年上のカメラマンの男。臆病な私の心に踏み込んで揺さぶる。彼と出会う前の自分にはもう戻れない。唯一無二の関係を鮮烈に描いた恋愛小説。（石内　都）
ち-8-5

伊吹有喜
雲を紡ぐ
不登校になった高校2年の美緒は、盛岡の祖父の元へ向う。羊毛を手仕事で染め紡ぐ作業を手伝ううち内面に変化が訪れる。親子三代「心の糸」の物語。スピンオフ短編収録。（北上次郎）
い-102-2

（　）内は解説者。品切の節はご容赦下さい。

真山　仁
ロッキード
見過ごされた重大証言、辻褄が合わない検察側の主張、そして封印された児玉ルート――。膨大な資料に当たり、綿密な取材を重ね辿り着いたロッキード事件の全貌とは？　（奥山俊宏）
ま-33-5

上野正彦
死体は語る
もの言わぬ死体は、決して嘘を言わない――。変死体を扱って三十余年の元監察医が綴る、数々のミステリアスな事件の真相。ドラマ化もされた法医学入門の大ベストセラー。　（夏樹静子）
う-12-1

シーナ・アイエンガー（櫻井祐子　訳）
選択の科学
コロンビア大学ビジネススクール特別講義
社長は平社員よりなぜ長生きなのか。その秘密は自己裁量権にあった。二十年以上の実験と研究で選択の力を証明。NHK白熱教室で話題になった盲目の女性教授の研究。　（養老孟司）
S-13-1

鈴木忠平
嫌われた監督
落合博満は中日をどう変えたのか
各界から感動の声、続出！　中日はなぜ「勝てる組織」に変貌したのか？　スポーツ・ノンフィクションの枠を超え、社会現象を巻き起こし、賞を総なめにした大ベストセラー。　（西川美和）
す-25-2

石田雄太
大谷翔平　野球翔年　Ⅰ
日本編２０１３-２０１８
投打二刀流で史上最高のプレーヤーの一人となった大谷翔平はいかにして誕生したのか？　貴重なインタビューを軸にしたノンフィクション。文庫オリジナル写真も収録。　（大越健介）
い-57-2

石井妙子
女帝　小池百合子
キャスターから国会議員へ転身、大臣、都知事と、権力の階段を駆け上った小池百合子。しかし彼女の半生は謎だらけだ。疑惑の学歴ほか、時代が生み落とした「虚怪」を徹底検証する！
い-88-2

木村盛武
慟哭の谷
北海道三毛別・史上最悪のヒグマ襲撃事件
大正四年、北海道苫前村の開拓地に突如現れた巨大なヒグマは次々と住民たちを襲う。生存者による貴重な証言で史上最悪の獣害事件の全貌を描く戦慄のノンフィクション！　（増田俊也）
き-40-1

（　）内は解説者。品切の節はご容赦下さい。

夢枕　獏
陰陽師《おんみょうじ》
死霊、生霊、鬼などが人々の身近で跋扈した平安時代。陰陽師安倍晴明は従四位下ながら天皇の信任は厚い。親友の源博雅と組み、幻術を駆使して挑むこの世ならぬ難事件の数々。
ゆ-2-1

阿部智里
烏《からす》に単《ひとえ》は似合わない
八咫烏の一族が支配する世界「山内」。世継ぎの后選びを巡る有力貴族の姫君たちの争いに絡み様々な事件が……。史上最年少松本清張賞受賞作となった和製ファンタジー。　（東　えりか）
あ-65-1

上橋菜穂子
香君
（全四冊）
世界中で愛される著者の長編ファンタジー！　植物や昆虫の声を香りで聞く少女は、オアレ稲で繁栄を極めるウマール帝国で、香りで万象を知る〈香君〉という活神と出会った――。
う-38-2

望月麻衣　画・桜田千尋
満月珈琲店の星詠み
満月の夜にだけ開店する不思議な珈琲店。そこでは猫のマスターと店員たちが、極上のスイーツと香り高い珈琲、そして運命を占う「星詠み」で、日常に疲れた人たちを優しくもてなす。
も-29-21

浅葉なつ
神と王
亡国の書
弓可留国が滅亡した日、王太子から宝珠「弓の心臓」を託された慈空。片刃の剣を持つ風天、謎の生物を飼う日樹らと交わり、命がけで敵国へ――新たな神話ファンタジーの誕生！
あ-77-2

顎木あくみ
人魚のあわ恋
新任の美しい国語教師で話題の夜鶴女学院に通う16歳の天水朝名。家族からはある理由で虐げられていた。そんな朝名に思いがけない縁談が。帝都を舞台に始まる和風恋愛ファンタジー！
あ-96-1

竹村優希
その霊、幻覚です。
視える臨床心理士・泉宮一華の嘘
霊能力が高すぎる臨床心理士・一華。ひょんなことから謎の青年・翠とともに心霊調査をすることに……キジトラ猫の式神を従えて、二人の怖くて賑やかな幽霊退治がスタートする。
た-112-1

（　）内は解説者。品切の節はご容赦下さい。

東野圭吾
秘密
妻と娘を乗せたバスが崖から転落。妻の葬儀の夜、意識を取り戻した娘の体に宿っていたのは、死んだ筈の妻だった。日本推理作家協会賞受賞。（広末涼子・皆川博子）
ひ-13-1

東野圭吾
透明な螺旋
今、明かされる「ガリレオの真実」——。殺人事件の関係者として、ガリレオの名が浮上。草薙は両親のもとに滞在する湯川学を訪ねる。シリーズ最大の秘密が明かされる衝撃作。
ひ-13-14

池井戸　潤
オレたちバブル入行組
支店長命令で融資を実行した会社が倒産。社長は雲隠れ。上司は責任回避。四面楚歌のオレには債権回収あるのみ……。半沢直樹が活躍する痛快エンタテインメント第1弾！（村上貴史）
い-64-2

池井戸　潤
シャイロックの子供たち
現金紛失事件の後、行員が失踪!?　上がらない成績、叩き上げの誇り、社内恋愛、家族への思い……事件の裏に透ける行員たちの葛藤。圧巻の金融クライム・ノベル！（霜月　蒼）
い-64-3

湊　かなえ
花の鎖
元英語講師の梨花、結婚後に子供ができずに悩む美雪、絵画講師の紗月。彼女たちの人生に影を落とす謎の男K……。三人の女性たちを結ぶものとは？　感動の傑作ミステリ。（加藤　泉）
み-44-1

宮部みゆき
蒲生邸事件（上下）
予備校受験で上京した孝史はホテルで火災に遭遇。時間旅行の能力を持つという男に間一髪で救われるも気づくと昭和十一年二月二十六日、雪降りしきる帝都・東京にいた。（末國善己）
み-17-12

有栖川有栖
捜査線上の夕映え
マンションの一室で、男が鈍器で殴り殺された。金銭の貸し借りや異性関係トラブルで、容疑者が浮上するも……。各ランキングを席巻した「火村シリーズ」新境地の傑作長編。（佐々木　敦）
あ-59-3

辻村深月
太陽の坐る場所
高校卒業から十年。有名女優になった元同級生キョウコを同窓会に呼ぼうと画策する男女六人。だが彼女に近づく程に思春期の痛みと挫折が甦り……。注目の著者の傑作長編。（宮下奈都）
つ-18-1

辻村深月
琥珀の夏
カルト団体の敷地跡で白骨遺体が見つかった。ニュースで知った弁護士の法子は胸騒ぎを覚える。埋められていたのはミカではないか。30年前の夏、私たちはあそこにいた。（桜庭一樹）
つ-18-7

乾《いぬい》　くるみ
イニシエーション・ラブ
甘美で、ときにほろ苦い青春のひとときを瑞々しい筆致で描いた青春小説——と思いきや、最後の二行で全く違った物語に！「必ず二回読みたくなる」と絶賛の傑作ミステリ。（大矢博子）
い-66-1

米澤穂信
インシテミル
超高額の時給につられ集まった十二人を待っていたのは、より多くの報酬をめぐって互いに殺し合い、犯人を推理する生き残りゲームだった。俊英が放つ新感覚ミステリー。（香山二三郎）
よ-29-1

柚月裕子
あしたの君へ
家裁調査官補として九州に配属された望月大地。彼は、罪を犯した少年少女、親権争い等の事案に懊悩しながら成長していく。一人前になろうと葛藤する青年を描く感動作。（益田浄子）
ゆ-13-1

道尾秀介
いけない
各章の最終ページに挿入された一枚の写真。その意味が解った瞬間、読んでいた物語は一変する——。騙されては〝いけない〟、けれど、絶対に騙される。二度読み必至の驚愕ミステリ。
み-38-5

ピエール・ルメートル（橘　明美　訳）
その女アレックス
監禁され、死を目前にした女アレックス——彼女が秘める壮絶な計画とは？「このミス」1位ほか全ミステリランキングを制覇した究極のサスペンス。あなたの予測はすべて裏切られる。
ル-6-1

（　）内は解説者。品切の節はご容赦下さい。

大沢在昌
魔女の笑窪
闇のコンサルタントとして裏社会を生きる女・水原。男を一瞬で見抜くその能力は、誰にも言えない壮絶な経験から得た代償だった。美しいヒロインが、迫りくる過去と戦う。（青木千恵）
お-32-7

中山七里
テミスの剣《つるぎ》
自分がこの手で逮捕し、のちに死刑判決を受けて自殺した男は無実だった？　渡瀬刑事は若手時代の事件の再捜査を始める。冤罪に切り込む重厚なるドンデン返しミステリ。（谷原章介）
な-71-2

知念実希人
十字架のカルテ
精神鑑定の第一人者・影山司に導かれ、事件の容疑者たちの心の闇に迫る新人医師の弓削凜。彼女にはどうしても精神鑑定医になりたい事情があった――。医療ミステリーの新境地！
ち-11-3

伊岡　瞬
白い闇の獣
小6の少女を殺したのは、少年3人。だが少年法に守られ、「獣」は再び野に放たれた。4年後、犯人の一人が転落死する。少女の元担任・香織は転落現場に向かうが――。著者集大成！
い-107-3

芦沢　央
汚れた手をそこで拭かない
平穏に夏休みを終えたい小学校教諭、元不倫相手を見返したい料理研究家。きっかけはほんの些細な秘密や欺瞞だった……。第164回直木賞候補作となった「最恐」ミステリ短編集。（彩瀬まる）
あ-90-2

石田衣良
池袋ウエストゲートパーク
刺す少年、消える少女、潰し合うギャング団……命がけのストリートを軽やかに疾走する若者たちの現在を、クールに鮮烈に描いた人気シリーズ第一弾。表題作など全四篇収録。（池上冬樹）
い-47-1

今野　敏《びん》
曙光の街
元KGBの日露混血の殺し屋が日本に潜入した。彼を迎え撃つのはヤクザと警視庁外事課員。やがて物語は単なる暗殺事件から警視庁上層部のスキャンダルへと繋がっていく！（細谷正充）
こ-32-1

（　）内は解説者。品切の節はご容赦下さい。

L・M・モンゴメリ（松本侑子　訳）
赤毛のアン
アンはプリンス・エドワード島の初老の兄妹マシューとマリラに引きとられ幸せに育つ。作中の英文学と聖書、アーサー王伝説、イエスの聖杯探索を解説。日本初の全文訳、大人の文学。
モ-4-1

サン=テグジュペリ（倉橋由美子　訳）
星の王子さま
「ねえ、お願い…羊の絵を描いて」不時着した砂漠で私に声をかけてきたのは別の星からやってきた王子さまだった。世界中を魅了する名作が美しい装丁で甦る。（古屋美登里・小川　糸）
サ-9-1

スタジオジブリ　文春文庫　編
風の谷のナウシカ
ジブリの教科書1
凶暴な美しさを秘め、友愛を体現する唯一無二のヒロイン・ナウシカ。当時の制作現場の様子を伝える貴重な資料に加え、その魅力を立花隆、内田樹、満島ひかりら豪華執筆陣が読み解く。
G-1-1

かこさとし
未来のだるまちゃんへ
『だるまちゃんとてんぐちゃん』などの絵本を世に送り出してきた著者。戦後のセツルメント活動で子供達と出会った事が、絵本創作の原点だった。全ての親子への応援歌！（中川李枝子）
か-72-1

相良敦子
お母さんの「敏感期」
モンテッソーリ教育は子を育てる、親を育てる
イタリア初の女性医師、マリア・モンテッソーリが生み出した「モンテッソーリ教育」。日本でも根強い支持者をもつこの教育法を、第一人者が豊富なイラストで伝授するバイブル的書。
さ-46-1

梯　久美子
やなせたかしの生涯
アンパンマンとぼく
NHK朝ドラで話題！　高知での子供時代、戦争体験、詩人としての軌跡、妻や仕事仲間との秘話など、「アンパンマン」作者の生涯と人物に評伝の名手が迫る渾身の書き下ろし作品。
か-68-3

クレア・キップス（梨木香歩　訳）
ある小さなスズメの記録
人を慰め、愛し、叱った、誇り高きクラレンスの生涯
第二次世界大戦中のイギリスで老ピアニストが出会ったのは、一羽の傷ついた小雀だった。愛情を込めて育てられた雀クラレンスとキップス夫人の十二年間の奇跡の実話。（小川洋子）
キ-16-1

（　）内は解説者。品切の節はご容赦下さい。

向田邦子
父の詫び状
怒鳴る父、殴る父、そして陰では優しい心遣いをする父。明治生まれの父親を中心に繰り広げられる古き良き昭和の中流家庭を、ユーモアを交えて描いた珠玉のエッセイ集。（沢木耕太郎）
む-1-21

星野道夫
旅をする木
正確に季節が巡るアラスカの大地と海。そこに住むエスキモーや白人の陰翳深い生と死を味わい深い文章で描く。『アラスカとの出合い』『カリブーのスープ』など全三十三篇。（池澤夏樹）
ほ-8-1

星野　源
そして生活はつづく
どんな人でも、死なないかぎり、生活はつづくのだ。ならば、つまらない日常をおもしろがろう！　音楽家で俳優の星野源、初めてのエッセイ集。俳優・きたろうとの特別対談を収録。
ほ-17-1

朝井リョウ
時をかけるゆとり
カットモデルを務めれば顔の長さに難癖つけられ、マックで休憩すれば黒タイツおじさんに英語の発音を直され。『学生時代にやらなくてもいい20のこと』改題の完全版。（光原百合）
あ-68-1

群　ようこ
よれよれ肉体百科
身体は段々と意のままにならなくなってくる。更年期になっても、味覚が鈍っても、自然に受け入れてアンチエイジングにアンチでいよう！　身体各部56カ所についての抱腹絶倒エッセイ。
む-4-15

高峰秀子
わたしの渡世日記（上下）
複雑な家庭環境、義母との確執、映画デビュー、青年・黒澤明との初恋など、波瀾の半生を常に明るく前向きに生きた著者が、ユーモアあふれる筆で綴った傑作自叙エッセイ。（沢木耕太郎）
た-37-2

内田洋子
モンテレッジォ　小さな村の旅する本屋の物語
何世紀にも亘りその村の人達は本を籠一杯担ぎ、国中を売って歩く行商で生計を立ててきた――本を読むこと売ることの原点を思い出させてくれると絶賛された、奇跡のノンフィクション。
う-30-3

（　）内は解説者。品切の節はご容赦下さい。

司馬遼太郎
坂の上の雲　（全八冊）
松山出身の歌人正岡子規と軍人の秋山好古・真之兄弟の三人を中心に、維新を経て懸命に近代国家を目指し、日露戦争の勝利に至る勃興期の明治をあざやかに描く大河小説。（島田謹二）
し-1-76

平岩弓枝
御宿かわせみ　（全三十四冊）
大川端にある旅籠「かわせみ」。この街でおこる事件を解決するなかで、宿の女主人・るいと恋人・東吾の二人は強く結ばれていく……。江戸の下町情緒あふれる筆致で描かれた人情捕物帳。
ひ-1-201

藤沢周平
三屋清左衛門残日録
家督をゆずり隠居の身となった清左衛門の日記「残日録」。悔いと寂寥感にさいなまれつつ、なお命をいとおしみ、力尽くす男の残された日々の輝きを描き共感をよぶ連作長篇。（丸元淑生）
ふ-1-27

池波正太郎
鬼平犯科帳　決定版　（全二十四冊）
人気シリーズがより読みやすい決定版で登場。一巻目には「啞の十蔵」「本所・桜屋敷」「血頭の丹兵衛」「浅草・御厩河岸」「老盗の夢」「暗剣白梅香」「座頭と猿」「むかしの女」を収録。（植草甚一）
い-4-101

宇江佐真理
幻の声　髪結い伊三次捕物余話　（全十五冊）
町方同心の下で働く伊三次は、事件を追って今日も東奔西走。江戸庶民のきめ細かな人間関係を描き、現代を感じさせる連作短編。選考委員絶賛のオール讀物新人賞受賞作。（常盤新平）
う-11-1

浅田次郎
壬《み》生《ぶ》義《ぎ》士《し》伝《でん》　（上下）
「死にたぐねえから、人を斬るのす」——生活苦から南部藩を脱藩し、壬生《みぶ》浪と呼ばれた新選組で人の道を見失わず生きた吉村貫一郎の運命。第十三回柴田錬三郎賞受賞。（久世光彦）
あ-39-2

宮城谷昌光
三国志　（全十二冊）
後漢期、宮中は権力争いで腐敗、国内は地震や飢饉、異民族の侵入で荒廃していた。国家再建を目指した八代目皇帝の右腕だった宦官、彼こそ後の曹操の祖父である。全十二巻の幕が開く！
み-19-20

（　）内は解説者。品切の節はご容赦下さい。

小林秀雄
考えるヒント
常識、漫画、良心、歴史、役者、ヒットラーと悪魔、平家物語などの項目を収めた「考えるヒント」に随想「四季」を加え、「ソヴェットの旅」を付した明快達意の随筆集。（江藤　淳）
こ-1-8

三島由紀夫
行動学入門
行動は肉体の芸術である。にもかかわらず行動を忘れ、弁舌だけが横行する風潮を憂えて、男としての爽快な生き方のモデルを示したエッセイ集。死の直前に刊行された。（虫明亜呂無）
み-4-1

佐藤愛子
老い力
いかに上手く枯れるか！　著者50代から80代まで、折に触れ記した「老い」についての〝超〟現実主義な言葉たち。読めばなぜか心が軽くなる、現代人必読、傑作ユーモアエッセイ集。
さ-18-17

上野千鶴子
おひとりさまの老後
結婚していてもしてなくても、最後は必ずひとりになる。でも、智恵と工夫さえあれば、老後のひとり暮らしは怖くない。80万部のベストセラー、待望の文庫化！（角田光代）
う-28-1

若松英輔
悲しみの秘義
暗闇の中にいる人へ――宮澤賢治や神谷美恵子、プラトンらの悲しみや離別、孤独についての言葉を読み解き、深い癒しと示唆で日経新聞連載時から反響を呼んだ26編。（俵　万智）
わ-24-1

千葉雅也
勉強の哲学
来たるべきバカのために　増補版
勉強とはかつての自分を失うことであり、恐るべき変身に身を投じる「快楽」である――。これまでの勉強の概念を覆す、革命的勉強論！　文庫版スペシャル「補章」も収録。（佐藤　優）
ち-9-1

若林正恭
表参道のセレブ犬とカバーニャ要塞の野良犬
「別のシステムで生きる人々を見たい」。多忙な著者は5日間の夏休み、一人キューバに旅立った。特別書下ろし3編「モンゴル」「アイスランド」「コロナ後の東京」収録。（DJ松永）
わ-25-1